臺南作家作品集

月落胭脂巷

小城綾子（連鈺慧）著

市長序　文學為鏡而照見古今，人文薈萃乘南風拂來

由文化局所出版的「臺南作家作品集」，自二〇一一年起，每年一輯，今年已是來到第十輯，在過往所收錄並出版的作品集，成冊集結宛如將夜空璀璨閃爍的星芒，十年光景凝縮其中，除了搜羅上一代優秀的文學作品，更鼓勵下一代的在地創作，促使「文學」化為一面明鏡，不只照見文壇的古往今來，也映照出臺南隨時代而變遷的種種樣貌。

臺南敦厚的風土人文，在賢人雅士們的筆耕墨耘下，篤實地刻寫在冊冊扉頁上。幾百年來，隨之所積累出的文藝涵養，有時藉以傳統戲劇的身段、台步，搭配著鑼鼓的喧嘩樂音，生動地演繹了對這片土地的文史情懷；作家們透過小說、散文，書寫在地的日常風景，讓人們對古都的記憶得以延續而流傳；時有詩人朗讀的細軟呢喃之聲，讚嘆著南方季節的更迭與自然環境的萬千變化——歷史如大河奔流、氣勢磅礴；先賢有云：「為天地立心，為生民立命，為往聖繼絕學，為萬世開太平。」一時代如巨輪，永恆輪轉——皆是對文化傳承重要的體現，亦是身為後代所應一肩扛起，承先啟後的重任。

此次出版的作品當中，柯柏榮《記持開始食餌》為臺華雙語現代詩，展現臺語及華語的成熟運用流暢精彩，讓更多讀者得以親近臺語書寫；陳崇民《亂世英雄傾國淚》為難得的傳統臺語歌仔戲及布袋戲劇本創作，語言書寫精通純熟、歷史細節考據詳細且人物描繪深入；連鈺慧《月落胭脂巷》臺語小說文筆靈巧生動，劇情跌宕起伏引人入勝；資深作家張良澤教授彙集其創辦的《臺灣文學評論》中的編輯手記《素朴の心》，以及清華大學研究生顧振輝的論文《電波聲外文思湙——黃鑑村（青釗）文學作品暨研究集》，顯見臺南仍有許多尚待發掘的文學作家作品。

臺南是一處人才輩出的沃土寶地，不斷孕育出新一代的創作者，藉以詩歌、散文、劇作、小說等文體，演繹詮釋他們眼中的風景，多元文風和題材也讓臺南的藝文愈發茁壯、弦歌不輟、得以灌溉出這片茂盛蓊鬱的文學之森。人文薈萃如乘南風拂來，期許下一個十年，又見臺南文學枝繁葉茂、花開繽紛之時的到來。

臺南市長 黃偉哲

局長序　此時的文學　彼時的人生流轉

南風吹拂，翻動寫滿詩牆的文字，不知不覺便隨風吟唱起悦耳的詩句。我們穿梭於總是鬧熱沖沖滾的古老城市，遙想四百年來的歷史逐一搬戲在野臺上粉墨登場直至一曲終了，心潮仍然澎湃久久無法散去餘韻。屬於這塊土地的語言如蝴蝶般飛舞躍動，落足於紙張上的筆墨化為精采生動的故事。詩、散文、小說、戲劇……許許多多的文學創作在此地滋養茁壯，形成臺南文學的獨特魅力。

時光荏苒，歲月如梭，轉瞬之間臺南作家作品集至今來到第十個年頭。本年度徵集收到十件作品，經審查評選後，最終選出三件優秀入選作品，加上二件推薦邀稿，總計收錄五件優秀作品。

臺語詩人柯柏榮的詩集《記持開始食餌》，字字鏗鏘，擁有能撼動讀者靈魂的穿透力；本名連鈺慧的臺語小說家小城綾子的臺語小說集《月落胭脂巷》，故事取自日常亦回歸日常，角色對白生動活潑，刻畫出世間的百態與人情冷暖；長義閣掌中劇團藝術總監的劇作家陳崇民的戲劇劇本《亂世英雄傾國淚》中收錄的歌仔戲與布袋戲劇本，如自古典的題材與臺灣歷史中穿壁引光，每一幕都讓人目眩神馳、如癡如醉。

而與臺南文學結下良緣的留臺學子顧振輝，其作品《電波聲外文思漾——黃鑑村（青釗）文學作品暨研究集》，是將無線電研究學界的學者黃鑑村，在過去曾發表過的作品重新梳理，替臺灣大眾小說自戰後消失的二十年當中，補上另一段極為重要的史料拼圖。

此外，在臺灣文壇有著舉足輕重的影響力，同時是知名作家的張良澤教授所創辦、編撰的《臺灣文學評論》中，每期為刊物所寫下的編者手記〈素朴之心〉，見證了臺灣文學的演進變化，也將讀者、作者，甚至是編者之心牽繫一起。

除此之外，本次評審入選作品皆為臺語佳作，可見臺語一點一滴地在本市扎根發芽茁壯，終於綻放如鳳凰花熱情、蘭花般優雅的優秀文學作品。母親的語言喚醒我們對鄉土的熱愛，透過文字的傳遞，紀錄人生的過往與未來的期望，並且更加珍重愛惜身邊的人們與事物。

時間流轉不息，臺南的前世今生依舊令人著迷不已。文學穿梭時空活躍於這座歷史悠久的土地，彼此交會形成心中最眷戀的文學城市。

臺南市政府文化局　局長

葉澤山

總序　堅持的力量

文／陳昌明

網路時代，紙本印刷不易，作家作品集的出版亦受質疑。當各縣市作家作品集逐漸落幕，臺南市政府文化局卻能持續挖掘優良作品，堅持的態度才是讓文化生長的力量。

此次作家作品集共有五冊。其中兩冊是推薦邀稿，屬前輩作家的文獻整理出版，一是顧振輝整理的《電波聲外文思漾——黃鑑村（青釗）文學作品暨研究集》，一是張良澤《素朴の心》。徵集則由十件作品中選出三件，分別是連鈺慧《月落胭脂巷》、柯柏榮《記持開始食餌》、陳崇民《亂世英雄傾國淚》。

《電波聲外文思漾——黃鑑村（青釗）文學作品暨研究集》是兩年前清華大學劉柳書琴教授寄來給我，她指導研究生顧振輝發表的論文，我看完後頗為驚訝，這本論文讓我看見日治時期的臺灣劇本與一九五〇年代的科幻預言小說，資料極為珍貴。黃鑑村筆名青釗，曾就讀臺南一中，先後創辦無線電傳習所及《無線電界》，是臺灣無線電技術的開拓導師，其著作影響深遠，此次發現的文學作品在當時有重要開創性。

淡水工商管理學院最早創立臺灣文學系，張良澤教授回臺後，擔任第一代系主任，張教授創辦季刊《淡水牛津文藝》，繼而轉型為季刊《臺灣文學評論》，兩份刊物發行共計十四年。《素朴の心》是從這龐雜的編輯手記中，挑選與時事相關，或重要文學記事，彙集成冊，僅按發表先後排比，略無連貫，卻頗堪回味臺灣文壇的文友交誼。

連鈺慧《月落胭脂巷》，是一部臺語小說集。初審時編輯委員都頗欽佩，筆名小城綾子這位作者的才華，這部小說動人的情節與流暢的語言，讓我們看見臺語小說精采的表現。

陳崇民《亂世英雄傾國淚》，一共收錄了兩個歌仔戲劇本及三個布袋戲劇本，這些精采的劇作早已得過許多文藝創作獎，能在此次作品集出版，也讓作品集在劇本領域更為充實。

柯柏榮《記持開始食餌》詩集，詩的風味迷人，又以「臺華雙語」對照的方式，加上羅馬字註解，讓臺語詩寫作有不同的形式，形成另一種寫作的風貌。

雖然今年因為經費的關係，只能出版五部作品，但只要不間斷，每年都能有這樣的精采佳篇，堅持的力量，會展現文學最動人的風景。

推薦序　幼筆小說人間事——讀小城綾子《月落胭脂巷》

文／陳金順（台語文學跨文類創作者／舞台文二十五冬）

咱佮意讀小說。
歡喜心思意念佇虛實交替的幻景裡轉踅。
讀著歹小說，心肝袂清爽。
讀著好小說，暢甲無地講。

台語小說，該當寫出眾人的身苦病疼。
台語小說，該當寫入這塊土地的聲說。
語言、文學，文學、語言，摻濫摻濫。
欲予觀眾讀著紲拍，定著愛功夫盡展。

小城綾子的《月落胭脂巷》，是伊的頭一本台語小說集。

對二〇一一到二〇二〇，九冬小說九篇。

佇這个萬事拚速度的時代，檢采較綴袂著陣。

伊有家己的跤步手路，咱來看伊按怎幼筆小說人間事。

《月落胭脂巷》的主題不止仔闊面，包含親情、政治、運命、愛情、婚姻遮的大主題。

〈圍爐〉寫林清堂佮林望源爸仔囝，因由政治理念明顯無仝，煞變面無來去。七冬後，望源雄雄對他鄉外里轉來圍爐，數想賣祖公仔產予伊去China投資。「父囝衝突若火鍋，規鼎滾沖沖。」

〈我的一票五千箍〉寫鄉長選舉，水雲怹兜四票，攏總收著兩位候選人萬六箍。投票前一日，里長伯仔閣追加一票一千，喊伊投予某人。「水雲共買票錢藏踮衫仔橱，掠準穩觸觸，煞予怹翁坤林 khiang 去跋筊。」

〈紅面蓮花〉寫生張參眾人無仝的洪怨，爸母無疼，干焦阿媽惜，喊伊「美笑」。通人看伊無目地，得著畫圖頭等了後，逐家隨變一个款。「『怨』佮『笑』，攏佇人的心念。阿媽佮火雞，是伊一生上婧的記持。」

〈烏龍大的〉寫文生佮牽手以冊，誠無簡單買透天厝，煞搪著歹厝邊「烏龍大的」。這个人刺龍刺鳳無打緊，閣不時拍姼仔小柔。文生翁某予伊亂甲強欲起痟，「拄著歹厝邊有影無藥醫，殘殘共厝賣掉較規氣。」

〈夕顏〉寫素觀佮外媽的互動，嘛寫阿媽佮大妗拍歹感情的緣故。阿媽交代素觀，愛共伊拍無去的鈕仔揣轉來。事實上，這粒鈕仔「是一段十三歲初戀的密碼。」這个密碼，是伊對彼个人的綿綿思慕。

〈劫數〉寫林時安騎 Oo-tóo-bái 出外面試，佇路裡和 Thoo-la-khuh 相挵，人無佇現場毋知走佗去？伊的老母桂竹嫂仔走去問師姑，講「劫數難逃」。「劫數非劫數，問神嘛無的確準。貴人『泡棉』對天頂跋落來。」

〈彼年熱天〉寫定定硞著頭殼的大頭興仔，予外媽 tshuā 轉庄跤做伙生活。伊佇遐參表兄弟姊妹耍甲真樂暢，門口埕的鼓井，成做他探險的目標。「意外牽連出翠娟跋落鼓井的死因佮身世。」

〈來好阿媽欲轉去〉寫來好阿媽離開故鄉，輪流去後生厝裡蹛搪著的狀況。對規世人蹛庄跤的老大人來講，「環境生疏、睏袂安眠」有影頭較大身，「無頭神的心理狀態轉彎踅斡，不止仔精彩。」

〈月落胭脂巷〉以倚近兩萬字的篇幅，沓沓仔書寫觀月的一生。詩意的題目，欠缺詩意的人生，觀月敢是愛毋著人？伊的人生，「因由誤會來行向悲情。」「怨天恨地無較縒，啉落苦湯才知影。」

真濟人掠準小說就是講古。若按呢，就有影差大碼矣。

小說三大面向，包含情節、人物、場景。

小城綾子毋但共接近講古的情節寫甲世事盡展，人物佮場景經過伊的幼路描寫，嘛不止仔立體、活跳。

咱看伊按怎造就小說人物：

目睭前這个紅嬰仔，毋那耳仔捲規毬，正手爿的面彼塊咖啡色的胎記閣一路湠到頷頸仔，親像一灘偃倒的豆油。（〈紅面蓮花〉，描寫洪怨拄出世彼時的生張。）

頭殼頂白甲誠齊勻的頭毛佇十二月的日頭跤閃閃發光，略略仔滲溼的鬢邊猶粘著幾支散颺的頭毛絲仔，看會出拄才毋知佇厝內厝外揣偌久的著急。（〈夕顏〉，描寫素觀的外媽。）

春米揹八個月的腹肚，坐佇房間外口編竹掃梳，大細粒汗不時對頭殼額仔佮目眉滴落來。春米那無閒編竹掃梳，那揹頷頸彼條面布拭汗。（〈月落胭脂巷〉，描寫觀月的大嫂。）

頂面這幾位小說人物形象鮮沢，共三个無仝年歲的查某人刻劃出性命的痕跡。

歕嗶仔聲中，車門關起來，客運再度沿著圓環慢慢仔駛離開。素觀越頭看老人孤單徛佇店仔口，目睭依依逐車尾，雄雄想起外媽猶未食中晝頓呢！閣想著放伊一人行轉去彼間清冷的厝，素觀心肝頭一陣疼。車愈行愈遠，伊趕緊將車窗開大縫，探頭向後出力擛手。老人的身影愈來愈小，最後只賰一个殕色的點。（〈夕顏〉）

素觀欲坐客運轉厝，阿媽相送的場景。作者共大環境（圓環）佮小人物（素觀、阿媽）箍入畫框裡，幼筆慢寫，有動態的形影佮靜態的毋甘。

這條胭脂巷無闊，差不多干那會當一台車一个人相閃身，巷內兩排南北向三樓透天厝，每一戶紅漆大門新舊無仝，有的褪色、有的落漆、有的看起來像拄重漆過無偌久。

觀月一戶一戶行過，行到巷底上大間、門牌寫「陳宅」彼間厝前停落來。

這戶陳宅外觀佮巷內其他的厝有真大的無仝，毋那厝地比別間較闊，嘛真明顯有整修過，歐式的鍛鐵雕花大門佇這條樸素的巷內看起來不止仔奢颺，毋過因為佇巷仔底，外人若無行到盡磅，袂特別去注意著胭脂巷藏有一間遮爾氣派的厝宅。（〈月落胭脂巷〉）

這篇參冊仝名的小說，毋那字數上濟，對場景的打造，嘛上蓋功夫。作者佇篇頭用六百外字鋪排場景，袂輸電影鏡頭，一步一步共觀眾𤆬入伊的氣氛裡。

小城綾子的小說，當該然有伊家己的氣口佮生張。伊無需要跟綴別人的跤步，書寫家己無佮意的項物。伊幼寫人間小事，慢慢仔磨練這項迷眾的技藝。九篇小說定著讀無夠氣。

筆者對規个台語文壇佮小城綾子攏有大期待。向望 giò-toh 的小說不時開枝散葉、開花結子。

二〇二〇年四月七日　寫佇骨力冊房

推薦序　按城市到胭脂巷，對華文到台語，無變的是優美的故事

文／林金郎（台灣文學獎、吳濁流文學獎、洪醒夫小說獎……得主）

這是我第二擺為小城綾子的文學作品寫序，第一擺是伊二〇〇七年出版的華文小說《城市痞子》，彼當時我就欣賞閣讚嘆講：「這是無予人注意著的珍珠，伊的文學修養並無輸目前任何一位台灣華文文壇出名的作家。」我按呢講，並毋是吹捧，因為我佮綾子無熟，敢若只有佇台南文友聚會拄過一擺，所以這純粹是出自心內的欣賞。毋過，綾子的作品確實是有較少淡薄仔，這是伊愛去努力的。

今年，二〇二〇年，綾子突然來批邀請我替伊的第二本小說《月落胭脂巷》寫序，這是一本台語短篇小說，我一方面歡喜綾子終於閣再完成一本大作，一方面為這是一本台語作品感覺驚喜，雖然我佇第一本冊的序就有講，綾子的文字優美、細緻，毋過會當自然融入鄉土故事佮台語對話，這是非常難得的，同齊提升華文佮台語創作的水準。這幾年，我有注意著，綾子得著幾个台語文學獎，這馬伊出這本台語小說，我當

然袂意外，嘛相當歡喜伊用全台語創作，向望伊的加入，台語文壇會因此閣較豐沛。

這本台語小說，猶原保持綾子過去作品的特色佮優點：文字典雅、故事動人，關心社會，對情景的描寫非常重視、用心，經營的氣氛予人會沉入其中，上難得的是有女性幼路的心思，所以會當寫出台語較欠缺的意境。這本小說內底，我上欣賞的應該是仝名小說〈月落胭脂巷〉這篇。譬如，一開始的：

「觀月一手捾菜籃仔，一手提一个貯半爿西瓜的紅塑膠橐(lok)仔，肩胛頭敧敧大伐步行，早起十點的日頭對頭殼頂摒落來，逼出伊規身軀汗。……」「小如粉粉的面肉像水蜜桃，喙角邊兩个小小的酒窟仔，甜甜的笑容佮早期的歌星尤雅誠相像。小如人婧喙甜逐擺見面攏叫伊『新娘仔姊姊』」。將人物的面形、形影、動作、神韻，非常傳神表現出來，親像看著觀月佮小如活跳跳出現佇咱的面頭前。

「觀月手曲 (khiau) 夯懸，頭敧一爿用彼領淺水色、衫仔裾尾印一蕊蓮花的短䘼棉衫拭鬢邊的汗。」連服裝的款式、色水、花樣嘛攏表現出來，這是典雅的文學家才會注意著的細節，無形中加添文章的藝術成分佮美感。

「亭仔跤盡磅一條短短的紅磚仔路，斡入正手爿第一條巷仔，巷口矗一个褪色的原木牌仔，用楷書的字體寫著『胭脂巷』三字。」、「這條胭脂巷無闊，差不多干那會當一台車一个人相閃身，巷內兩排南北向三樓透天厝，每一戶紅漆大門新舊無仝，有的褪色、有的落漆、有的看起來像拄重漆過無偌久。」這是對環境的描寫，會當予人對故事的情境和劇情有閣較深入的理解佮融入，就親像看電影仝款，當然，這嘛是一種文字美學的表現。

所以小說愛真正用心去經營、描寫遮的「視覺」的物件，同時，這嘛是文字是毋是會當變成文學、藝術的關鍵，我感覺而且佩服綾子佇這方面有真正深的功夫和表現，這嘛是現此時台語創作者愛注意佮提升的所在。

當然，小說就要有故事，現今台灣華文創造誠濟綴世界流行，行「抽象」、「意向」，甚至「解構」的路線，結果普遍予人看無，造成讀文學作品的人大量流失，然後再來感慨「文學已死」，怪罪別人，無欲反省是家己用傷隘的學院思想來控制主流媒體。好佳哉，這種情形無佇台語創作發生，台語小說猶原真有故事性，會當予人笑、予人哭，予人綴故事內底的人物做伙經歷一寡代誌，透過讀小說，深刻反省佮思考，透過讀小說，增加人生的體悟佮智慧。

綾子的作品就誠有讀小說的趣味性，每一篇攏親像看一齣電影仝款，遐爾精彩，遐爾予人感動，遮的故事攏是發生佇咱的生活佮土地頂面，反映出這个社會的問題，這是對這塊土地的人，無限的關心佮疼痛。佇這本冊內底，綾子寫出好的故事、感人的小說來反映時代，堅持著一位作家的職責。

綾子確實是我看好的台灣作家，假使若有啥物話欲對伊講，就是：下一本小說，敢會當莫閣予我等十三年啊？

小城綾子的作品，無應該佇台灣文學缺席。

二〇二〇年四月二十八　佇台中

自序　越頭看——隨緣自在創作路

文／小城綾子

行入台語文學是我寫作路上一个誠大的轉斡。

這个緣分來自二〇一〇年熟似「台文戰線」的方耀乾、陳金順、胡長松三位台文前輩。佇怹的作品內底，我讀出台語文學的媠，發現原來咱的母語會當寫出遮爾媠氣、遮爾鬥搭、遮爾精彩的詩、散文佮小說。

迒出台文書寫的第一步，對慣勢使用華語的我來講是一个袂小的挑戰。書寫的過程我特別感謝陳金順老師的牽教佮鼓勵。小說的字數濟，用字的範圍闊無邊，不時會拄著一寡有疑問的台語字，便若拄著這款情形，我定定會請教金順老師。毋管啥物疑難雜症，伊攏真熱心佇誠短的時間內回覆。

可惜我無夠認真，這幾年來用佇園藝、旅遊翕相……以及其他種種事項的時間大大濟過小說創作。感謝金順老師看重，三不五時就催問：「有繼續寫小說無？」、「較骨力寫咧！」、「趕緊共完成」……，遮的話一擺閣一擺推揀我提筆繼續寫落去。

如今這本冊總算完成，越頭看，台文路上每一步行過的跤跡攏是一个景緻，每一个熟似的人攏有深淺無仝的緣份，每一篇作品的開始到結束，攏佇我的生命中留落永遠的印記。

●

這本小說集內底，《我的一票五千箍》佮《紅面蓮花》是我佇台文路上拄學行的頭兩篇作品，前一篇描寫候選人掖錢買票、縛柱仔跤、選民跋筊臆輸贏……等等的台灣選舉文化。天頂落落來的買票錢水雲一家伙隨人心內有無仝的按算，五千箍的目屎予人捶心肝。後一篇透過面頂有胎記的查某囡仔佮外媽、火雞的感情點出現實社會的人情冷暖。

《圍爐》描寫爸囝兩人因為政治理念無仝所引起的衝突。自來政治意識引起的家庭問題佇國內外攏是普遍存在的現象。政治佮親情，佗一个輕？佗一个重？佇誠濟人心中定著有無仝的感受。這篇得著二〇一一年第一屆台南文學獎台語短篇小說獎。

《烏龍大的》寫一對少年翁某搬入新買的厝才發現厝邊是一尾刺龍刺鳳的鱸鰻。三更暝半，烏龍大的厝內不時吵家抐宅，所發生的每一件代誌攏予這對少年翁某袂輸跋落萬丈深坑……。

《夕顏》描寫舊時代女性愛情佮婚姻無法度自主的無奈，藉一粒鈕仔牽引出老阿媽青春年少初戀的思慕以及年老的寂寞佮哀愁。這篇是翻寫年十五前我得著吳濁流文藝獎的一篇華語小說。初寫這篇彼當時我猶未接觸台語文學，毋過內面的對話全部是用台語書寫。因為這个原因，嘛因為我對這篇特殊的感情，所以我將伊翻寫作純台語，收入這本小說集。

《劫數》少年時安騎機車發生車禍，人煞離奇失蹤。算命解運的師姑講「閻王註定三更死，絕不留人過五更。」，閣講「神仙難救無命客」，看起來是凶多吉少。三張符仔敢有影會當救時安脫離險境？抑是像師姑一開始斷言的「劫數難逃」？

《來好阿媽欲轉去》八十歲的來好阿媽去都市和兩个後生輪流蹛，生活環境佮習慣的無仝，加上無頭神惹出來的風波，予伊心心念念想欲轉去蹛幾十冬、出門毋免驚揣無路通轉來的老厝，佇伊心中，故鄉的月娘較圓較大粒，坐佇門口埕擇頭就看會著。這篇得著第二屆台文戰線文學獎短篇小說頭等。

《彼年熱天》不時跋落樓梯跤的大頭興仔予外媽悉轉去庄跤蹛，三合院南風秋清的大廳、門口埕邊的古井、半暝窗仔外穿粉紅衫裙的查某囡仔……，每一个事件攏親像單獨發生，閣若像互相連結。彼年熱天，大頭興仔佇外媽兜發生的代誌意外掀開外公在世的一段風流史。

《月落胭脂巷》描寫里港查某囡仔觀月一生的悲歡情事。對故鄉的青春戀歌到緣盡情斷嫁入府城陳家，重度小兒痳痺的小姑對觀月的怨佮妒成做伊醒袂過來的一場惡夢。行入胭脂巷，觀月對婚姻美麗的夢想佮期待像反黃的樹葉仔，一葉一葉落落塗跤。小說中的人物佮情節虛實交錯，書寫的同時，有我對現實人生中的觀月無聲的祝福。

•

寫作路上，我一向隨緣，書寫家己心內想欲寫的；對我來講，無受束縛的題材、毋免迎合任何人口味的創作，才會當享受寫作的自在佮快樂。

感謝為我拍開台語文學這扇門窗的陳金順、胡長松、方耀乾三位前輩作家；感謝兩度為我的小說集寫序文的全才作家林金郎老師；嘛感謝所有鼓勵過我以及讀過我的作品的每一个有緣人。

目次

我的一票五千籦

十月拄過，規个永康鄉親像崁佇鼎底的磅米芳，嗶嗶啵啵對街頭磅到巷尾，閣再對巷尾磅轉來到街頭。

這幾輪的轟炸，將永康的天頂炸甲金光閃閃瑞氣千條。鄉民見著面，笑甲喙仔裂獅獅，表情卻是十分的曖昧，相拄喙嗤舞嗤呲：「阮這條巷仔昨暝二號嘛來過矣！佮一號仝款，一票兩千箍；阿恁咧？」

•

早起八點，水雲已經佇客廳倚大門的壁邊認真咧踏針車。

收音機內底電台主持人用親切甲予人規粒心肝強欲溶去的聲音，介紹比仙丹閣較好用的妙藥：

「您少年的佇外口拍拚事業，咱老大人佇厝內身體嘛著愛家己顧……，這味是用誠濟高貴藥材煉成的，治高血壓、糖尿病、肝病……攏真有效……」

「骨刺免開刀，無效毋免錢！這罐藥仔共食落去，三工，阿伯阿姆啊聽斟酌嘿，三工就看會出效果，免偌久枴仔做你共擲掉無要緊……」

「敢有影遐好用？」水雲伸手捶幾下仔尻川頭，心肝有淡薄仔擽(ngiau)。長期坐咧車衫，腰脊骨不時痠痛甲真厲害，若真正有效……。

「紲落去為咱聽眾朋友放一首好聽的歌曲：洪一峰的：舊——情綿綿」

聽著歌名，水雲元氣規个好起來，尻脊骿伸挺挺，吞一下喙瀾放軟情緒綴咧唱：「一言說出就要放乎袂記哩，舊情綿綿暝日較想也是你……」

恬靜的無尾巷，單調的針車聲。水雲跤手猛掠，仝一式的囡仔衫對伊正手爿的塗跤一領一領疊懸起來，漸漸疊成了一粒小山。

「啊～～毋想你，毋想你毋想你，怎樣我又閣想起，昔日談戀的港邊……」

水雲愈唱愈哀愁，針車嘛愈踏愈慢落來。

十點外，一陣放送頭的聲音對巷仔口傳來，鬧熱滾滾，聽起來聲勢不止仔大。

跤步聲愈行愈近，人聲愈來愈吵，水雲停止踏針車的動作，頭攲攲想欲聽斟酌，厝邊隔壁已經有人開門出來探頭，嘛有人規氣行到巷仔口等欲看是佗一个鄉長候選人出來掃街拜票。

這擺頂一任佮現任的鄉長攏相爭欲出來選，兩个人仙拚仙，王拚王，頂一任的一號先下手為強，規个鄉總掃，一票兩千箍，里長負責抄名冊，只要戶籍佇遮有投票權的攏有份，厝內人口較濟的這聲卯死矣，清彩收嘛超過一萬箍。

講著這，逐家歡頭喜面笑咍咍，攏講確實有影是真「寶貴」的一票。

現任的二號知影了後氣甲規个面烏一爿，大力頓桌仔幹譙：「一票行情價嘛才五百箍爾爾，伊偏偏挔兩千箍，明明是刁故意欲擾亂行情……。幹！恁爸佮伊拚矣！兩千箍就兩千箍，伊買會起，我敢就買袂起？」

輸人毋輸陣，現任的鄉長喙齒根咬咧，仝款規鄉一个人挔兩千。

永康鄉的天頂自按呢金光沖沖滾，烏魚炒米粉，風中攏鼻會著銀票的臭芳味。

水雲規家伙仔四票，攏總收著萬六箍。

「逐擺選舉若攏有遮好空就好矣，按呢上好逐個月攏來辦選舉。」指頭仔一張一張算著銀票，水雲歡喜當中摻著淡薄仔酸澀：針車著愛踏偌久才趁有這萬六箍？厝內兩个老的加起來百五歲，規身軀病疼；兩个少年的猶咧讀冊，註冊費嘛是誠大的負擔，一家口仔六支喙欲食……。

想著這，水雲吐一个大氣，翁婿坤林本底佇紡織公司上班，兩冬前，工廠規个徙去中國，坤林自按呢失業。年歲大歹揣頭路，只好四界做臨時工，拚甲大粒汗細粒汗，收入猶原袂穩定……。

是講……兩个候選人攏買兩千箍，到底是欲投予佗一个才好？

水雲拄按呢想，大隊人馬已經斡入來這條無尾巷。隔壁掛烏框老歲仔目鏡的里長雄雄狂狂對伊兜走出來。

水雲離開針車，行出大門看斟酌，來的是一號候選人，頂一任的鄉長錢愷濟。

錢愷濟笑咍咍目睭掃過四箍輾轉，一个一个頕頭：「逐家鄉親拜託拜託！予愷濟仔閣再一擺為咱鄉親服務的機會……」

「無問題啦！阮逐家這票一定頓予你！」里長替厝邊隔壁掛保證。水雲想起幾工前二號來里長嘛講仝款的話。

錢愷濟滿面的笑容一直到行入去里長怹兜隨捋落來，像罩著一層厚厚的寒霜：

「怹娘咧！我開兩千伊也綴兩千，欲參怹爸拚到底就著啦？是講里長伯仔你嘛誠無夠意思，已經提我的錢矣又閣替二號買，這毋是刁故意欲予我歹看是啥？」

「無啦！錢董仔你誤會矣！」里長心肝雄雄趒一下，趕緊請伊坐膨椅，一面請薰一面解說：「伊是現任的鄉長，人講人在江湖身不由己，阮做小小里長的只不過是做一个面子予伊，替伊發一下仔錢，私底下，其實阮攏是支持你的啦！」

「敢——按——呢？」

「絕對無騙你！別的所在按怎我毋敢講，若阮這箍籬仔的票一定攏是你的……」

「上好是按呢啦！……幹！頂擺無細膩栽佇伊的手頭，這擺絕對欲予伊輸甲捙畚斗……」

「是，是，錢董仔重出江湖，這擺無通予伊遮好食睏矣！」里長老罔老，腰脊骨佮頷頸猶原誠柔軟。

「我若選牢……，這你知影啦，毋免我閣加講矣……」

「是是，這我了解！」

錢愷濟無予外口一群人等傷久，大跤步踏出厝外。

規群人離開了後，巷仔恢復原來的恬靜。

水雲行倒轉去針車前坐落，心內親像海湧浮浮沉沉：這擺兩个候選人相爭掖錢買票，聽講一个上無嘛愛開一兩億。

夭壽咧！一兩億呢！幾若世人嘛開袂了，是按怎有錢袂曉守？

是講……人生哪會遮無公平？有的人好額甲毋是款，無將錢當做錢看；有的人卻是散赤甲強欲予鬼掠去……。水雲吐一个大氣：親像家己，規年迴天踏針車，就算有蜈蚣遐濟肢跤，恐驚逐肢跤攏踏斷了了嘛無才調趁偌濟錢，三頓腹肚若顧會飽就謝天謝地矣。

投票日愈接近，永康鄉愈鬧熱，親像瓦斯爐頂面一直浡（phū）泡仔的滾水；地方上一寡仔笅盤嘛動起來，開始跋到底佗一个會當選。

投票前一工，下晡兩三點，水雲當咧踏針車，隔壁里長伯仔行入來伊厝內。

「來，一票一千箍，恁兜有四票。」

「一千箍？」水雲目睭展大蕊感覺真意外：「一號二號攏買矣，敢講閣有第三號欲出來選？」

「毋是啦！是一號錢董仔……頂一任彼个鄉長啦！伊真阿沙力閣追加一千箍……」

買票也有追加的？水雲心內起愛笑，食甲欲五十歲矣，大大細細拄過的選舉遐爾濟，毋捌拄著這款代誌。

算算咧，一个人攏總收著五千箍。幾張銀票捏佇手裡，真輕，嘛真重。

「選一个鄉長爾爾，也毋是偌大的官位，一任做落來，月給才偌濟箍銀？開遮濟錢買票……敢算會合？」

水雲拄問煞，里長一聽笑甲強欲落下頦：「若照妳這款算法，買票的人逐家攏愛走路矣。嘖！講甲予妳捌，喙鬚著會拍結！月給對恁來講是零星仔，無看佇眼內，彼條看袂著的，較大條、較油洗洗啦……」

下暗九點外，水雲佮翁婿坤林坐佇客廳看電視。

「你看明仔載啥人會選牢？」坤林問。

「誰知影？啥物人選牢攏佮咱無底代。」

「哪會佮咱無底代？我……」坤林話講一半雄雄擋牢無閣講落去。

「你按怎？啥物人選牢你就毋免討趁喔？抑是恁會請你去公所做秘書吹冷氣？」

「莫講講這三八話啦！」坤林身軀倚近水雲，聲調放小：「莫予房間內底兩个老的聽著，我是看現任鄉長贏面較大，跋伊會選牢啦！」

「啥？跋？」水雲聽著強欲對椅仔頂趒起來：「無你敢是頭殼歹去矣？你有啥

物本錢佮人去跋？若跋輸咧？」

「嘖！妳這个查某實在有夠破格！猶未知輸贏就佇遐唱衰……」

「生食著無夠矣閣有通曝乾，欲跋，錢咧？錢對佗位來？」

「妳遐毋是有恁買票的錢？提遐的錢來跋啊！」坤林的目睭光燦燦，親像已經跋贏仝款。

「袂使！」水雲一聲就拒絕。厝內這台針車已經老矣，遮的錢欲儉起來以後通好買一台新的。

「若無……提一半出來就好。」坤林退一步。

「袂使！」水雲堅持。一仙錢嘛袂使烏白拍損。

「上無……」坤林閣退一步：「妳嘛將我彼票四千箍的額提予我。」

四千箍？

看來伊猶毋知影這票已經起價矣，水雲決定暫時無欲予伊的翁婿知影。

「我講袂使就袂使啦！跤筊毋是正當代誌……」

水雲話猶未講煞，坤林規个面腔突然間風雲變色：「啥物叫做正當？妳收著遐的錢敢就是正當的？」

「……」

看著翁婿歹聲嗽頷頸仔浮青筋，水雲的聲勢規个弱落來，就算有偌大的理由、偌濟的委屈，嘛忍牢咧恬恬無閣再出聲。

（戇頭戇面！頂任鄉長加開一千箍買票，伊才是贏面較大，你臆現任的會贏，真正跤落去穩輸的！）

幾句話佇水雲嚨喉空輾來輾去，吞袂落去嘛講袂出來。

吞落去，驚伊押毋著爿跤輸；講出來，又閣袂輸鼓勵伊去跤……。

一暝長躼躼（lò），房間暗趖趖，心肝亂糟糟，水雲佮坤林翁某兩个隨人睏一爿，無講半句話。

透早，坤林就無看人影。

早頓食飽，兩个老的入去房間換好衫褲佇客廳等，準備時間一到就欲出門去附近的慶安宮投票。水雲看著，開喙款勸：「阿母這幾工毋是頭殼重重烏暗眩人無爽快？我看莫去投矣，佇厝裡歇睏就好。」

「免閣勸矣，我已經共講過幾若遍，叫伊莫去投，無精差伊這票，仙講都講袂聽……」水雲伊大官那講那幌頭，親像咧唸一个無聽話的囡仔。

「提人的錢，無去投票哪好勢？對人講袂得過啊！」水雲的大家勻勻仔講，徙著淡薄仔虛弱的身軀勻勻仔行到門口。

「若按呢……恁兩人的錢咱攏有共人收，阿母欲按怎投才袂對人歹勢？」

「這毋才簡單，恁阿爸頓一號，我頓予二號。」

「毋過……一號比二號加開一千箍呢！」水雲面笑笑刁故意講。

「…………」

「規氣兩粒人頭做一伙頓予恁，按呢上公平啦！」水雲的大官紲落去講，目眉彎彎喙角翹翹，若欲笑若毋笑。

「三八咧！你掠準我毋知影按呢是會變做廢票？這擺我無遮戇矣……。著啦！阿雲仔，頂幾日仔電台有賣一款藥仔，聽講對心臟無力誠有效，我看……我這票的錢……」

「好啦好啦！先來去投票，這錢予水雲主意就好啦！」無等牽手講煞，水雲的大官就共伊的話截斷，兩人一前一後行出大門。

下晡三點半，水雲將車好的一疊衫整理好勢才趕緊出門投票。一路上心內按算：

阿母欲買的心臟藥仔一罐毋知偌濟錢？

扣掉這，這擺選舉收著的錢毋知敢有夠通買一台新針車？

過幾工若有閒，著開始來探聽看佗一款針車較好，上好是俗閣新式閣好用的。

水雲愈想愈歡喜，袂輸一台針車已經車轉來囥佇厝內矣，行路一時無張持煞去挵著路邊的電火柱。

「夭壽咧！無代無誌哪會矗一支電火柱佇遮！」水雲疼甲目屎強欲輾落來，伸手出力挲頭殼額仔。毋過，疼罔疼，心情猶原誠輕鬆：有新針車，若加上跤手閣較猛掠咧，以後就會當加趁寡錢……。

投票了後轉去到厝，水雲啉一喙茶、歇一个喘，隨坐落去針車前。順手捘（tsūn）開收音機，拄好聽著彼个台語歌后優美的歌聲：「阮將青春嫁佇恁兜，阮對少年綴你綴甲老，人情世事已經看透透……」

歌詞內底，做人家後的心聲聽起來袂輸是咧講家己。「阮的一生獻予恁兜，才知幸福是吵吵鬧鬧……」水雲愈聽心肝愈溫柔，對未來的日子一時充滿了希望。

一條歌聽煞，心思猶閣浮佇半空中，規氣揀開椅仔徛起來，行入去房間拍開衫仔櫥的暗屜，想欲提彼兩萬箍出來摸摸看看咧。

暗屜一拍開，水雲雄雄像去予電電著，喙仔開開，一粒心像咧摃大鼓，強欲對喙裡跳出來。

空空的屜仔底，哪有兩萬箍的影跡？

水雲雙手扶著咖啡色的衫仔櫥，規个人烏暗眩起來。毋相信錢會家己生跤走無去，水雲深深軟一口氣，閣喘一个大氣，才沓沓仔踞落去衫櫥前開始斟酌揣。

規个衫仔櫥揣透透，猶原無看著彼二萬箍。水雲拍一个交凜恂，心肝一陣畏寒，跤手綴咧沁沁掣，愈掣愈厲害，紲落像起㨂仝款，規身軀攏趒起來。

過了一世紀久，跤手佮身軀漸漸恢復正常，心內也已經無抱希望，水雲才一手擲跤頭趺，一手扞衫櫥，匀匀仔徛起來，無魂附體行出房間，經過客廳，行到針車前，兩蕊目睭失神失神看伊彼台老針車規晡久。看甲目睭無曮，看甲日月無光，看甲天佮地攏老去。

一直到目箍內底的海湧溢出來，一滴一滴輾落針車頂的時，水雲雙跤一軟跪落塗跤。

「我的一票……五千……箍……，上無……」水雲嚨喉予悲傷窒牢咧，哮袂出聲，哭毋成調：「上無你嘛共……我彼五千箍……留落來……」

窗外有風輕輕仔吹過，天地無聲，針車嘛無聲。

二〇一一年四月　《台文戰線》第二十二期

紅面蓮花

加加算算咧，伊攏總有三个名。

拄出世的時，伊的老爸歡頭喜面倚過去看伊，誰知影一看著，雄雄拍一个交懍恂，規个人對跤底冷到頭殼頂，閣對頭殼頂冷落來到跤底。

目睭前這个紅嬰仔，毋那耳仔捲規毬，正手爿的面彼塊咖啡色的胎記閣一路湠到頷頸仔，親像一灘偃倒的豆油。

比較起來，伊的老爸這款反應已經算誠鎮靜矣；伊的老母一看著伊，「安娘喂唷」慘叫一聲，差一點仔昏昏死死去。

怹共伊號名叫做阿怨——洪怨。

一方面是想講，生做按呢，將來注定會顧人怨；另外一方面嘛想欲借這个名來表達怹心內的怨感。

才第一胎咧！做人爸母的歡喜都猶未享受著，就予天公伯仔潑一桶冰水，潑甲跤尾手尾冷吱吱。

查某囡仔生做這款模樣，以後是欲按怎嫁人？伊的阿母毋敢想，伊的阿爸毋願想。干那伊的阿媽抱伊金金相，喙笑目笑：

「有影真古錐！目睭大大蕊，喙角閣有兩粒酒窟仔，後擺大漢一定真媠真迷人……。」

老阿媽獨獨對伊彼對有缺陷的耳仔佮予人看著心驚驚的半爿烏面無講半句話，親像遮的缺陷一點仔都無存在仝款。

阿媽從來毋捌叫伊阿怨。

「美笑」！阿媽有伊家己的叫法。佇伊心目中，伊堅持認為伊的查某孫仔笑起來真媠，這款笑容無疑是一个查某囡仔上媠的化妝。

阿怨的紅嬰仔時代差不多攏是佇哭聲當中度過。逐擺喙若開開就青慘哮，哮甲驚天動地，哮甲風雲變色，親像是替家己這个予人棄嫌的面容哭悲哀仝款。

拄著厝邊隔壁吐大氣用同情的口氣講「歹積德喔！好好一个查某囡仔，哪會生做這款形？」阿怨的爸母就感覺真見笑，他認為遐的話其實藏有講袂出喙的輕視。因為按呢，他兩人互相佇心內將這種怨氣揀佇對方身上，暗暗猜疑對方的公媽祖先無定著捌做過啥物歹代誌，致使囝孫來遭受這款處罰。

十二月天大寒的一个半暝，突然間落一陣真罕見的大雨，雷公爍爁共睏佇乳母車仔內底的阿怨驚精神，雄雄著青驚嘛嘛哮。翁某兩人勼佇燒沸沸的被空，無人甘願跁起來。

哮規晡久，阿怨的老爸擋袂牢矣，伸跤踢一下身軀邊的查某人：「恁查某囝哮袂煞，凡勢是去予雷公驚著，妳嘛起來看覓咧！」

「奇怪，伊敢毋是你的查某囝？是按怎你家己無欲起來看？」

「咦？妳做人老母的，囡仔是對妳的腹肚生出來的咧！」

「講彼啥物話？若毋是你，我的腹肚敢會無代無誌孵一个紅嬰仔出來？」阿怨的老母愈講愈受氣：「話講倒轉來，若毋是你，無的確囡仔嘛袂生做這款……」

話猶未講煞，阿怨的老爸棉積被一掀，規个人對眠床趒起來：「啥？妳意思是講，阿怨的生相是因為我的關係？講痟話！阮洪家才無這款底！我看凡勢是恁外頭厝……」

「阮外頭厝是按怎？我都知影你心內咧想啥物！你今仔日若無共我講予清楚，我……」

囡仔的哭聲佮翁某的冤家聲透濫做一伙，將彼个落雨的暗暝炒甲鬧熱滾滾。不而過，落尾怹也是翻頭轉來卸怹的面底皮的查某囝。

細漢時的阿怨一直想無是按怎家己有兩个名，嘛毋知這兩个名的意思。毋過，對憂頭結面的爸母佮笑咍咍的阿媽身上，伊淡薄仔感覺會出來這兩个名的無仝。

無法度忍受別人看阿怨的眼神，阿怨的爸母誠少炁伊出門，三个小弟小妹一个一个出世了後，閣較無閒工睬伊，規氣送去庄跤佮阿媽做伙蹛。

老阿媽飼一群火雞，不時頷頸仔伸長長咕嚕咕嚕嚕叫，阿怨感覺真趣味，逐擺火雞若叫，伊就綴咧叫，有時陣閣會刁工叫予規群火雞綴。時間一久，連阿媽都分袂清到底是火雞咧叫抑是伊的查某孫仔美笑咧叫。

蹛佇遮，伊是快樂的美笑，毋是孤單寂寞的阿怨，火雞佮阿媽是伊上親密的伴。

七歲的時，美笑流目屎離開阿媽倒轉去小鎮讀國校，伊的身分又閣變成了阿怨。

讀冊了後的阿怨漸漸感受著這个面容帶予伊的痛苦，嘛淡薄仔了解一直無得爸母疼的原因。原來怹佮別人仝款，嫌伊穤(bái)、棄嫌伊。

阿怨感覺真無伴，不時思念阿媽佮火雞，思念蹛佇庄跤彼段日子。

兩冬後，老阿媽過身，無人閣再叫起美笑這个名。阿媽佮火雞的形影沉入去阿怨記持上深的所在。

升五年仔的時陣，新導師發現阿怨畫圖的天份。伊將阿怨的畫送去美國參加比賽，得第一名轉來。阿怨變做全校上出名的人物，校長特別頒獎共伊表揚。普通時無啥欲睬伊的同學突然間攏對伊生出好感。怹相爭講：

「我佮洪怨是仝班的喔！」

「我以早捌佮洪怨坐做伙過。」

「我佮洪怨蹛仝一條巷仔……」

過無幾工，記者來學校採訪，報紙刊甲大大篇，記者形容阿怨面頂的胎記敧酌看淡薄仔像一蕊含苞的蓮花，佇標題共伊號一个誠好聽的名，叫做「紅面蓮花」。阿怨出名矣！無人想會著生佇牆仔角的細欉野草佇記者的筆下，竟然變做一蕊婧婧的蓮花。厝邊隔壁講著阿怨攏親像佮伊誠熟似。

「自伊出世我就看伊大漢。」

「這个查某囡仔是阮厝邊……」

「人恬恬，無啥愛講話，毋過看著我閣會頕頭咧……」

「有影愈看愈婧……」

過兩工，電視台來阿怨的厝採訪，記者問伊的老爸、老母：「洪怨這个名是家己號的抑是予人號的？有什麼特別的意義無？」「恁敢知影這个囡仔有畫圖的天份？以後是毋是有栽培的計畫？」

阿怨的老爸頭敧敧想一觸久仔，講：「阮翁仔某從來都毋捌棄嫌阮查某囝過，號做洪怨，主要是欲提醒阮查某囝，生做按呢，是天公伯仔的意思，毋免怨嘆，只要肯拍拚……」

面對鏡頭，阿怨的老爸突然間予家己講的話感動著矣，伊感覺伊的頭殼頂親像箍一道金光，予家己看起來袂輸聖人仝款。

阿怨的老母徛佇邊仔聽，心肝淡薄仔酸澀，毋過，對翁婿講出來遮的話嘛感覺真滿意。

記者問阿怨：「妳畫這張老人佮火雞的靈感是按怎來的？妳對別人稱呼妳紅面蓮花有啥物看法？敢有佮意這个稱呼？」

阿怨恬恬無講話，兩蕊目睭金金相記者手中彼本冊。

比賽得獎彼張圖印佇冊頂懸：曠闊的門口埕，一个飼火雞的老人，一陣圍佇老人身軀邊的火雞。

阿怨看規晡久無講半句話，規个人親像溶入去彼張畫中仝款。

「洪怨同學……」記者將 maiku 擛到阿怨面前。

「阿怨，妳毋著緊講話……」阿怨的老母趕緊捒一下伊的手。

阿怨總算回魂轉來，毋過目睭猶是無離開彼本冊。伊伸手輕輕摸彼張圖，慢慢對喙裡講出幾句話：「我毋是紅面蓮花。我是美笑，嘛是一隻強欲袂記得按怎叫的火雞。」

講煞，突然間頷頸仔伸長長，咕嚕咕嚕咕嚕嚕叫起來。

火雞的叫聲對嚨喉空衝出來的時陣，阿怨看著圖內底的老人親像對伊𥍉一下目睭，喙角閣微微仔笑一下。

阿怨目睭一𥍉嘛無𥍉，兩滴燒燙燙的目屎忍袂牢對伊的面慢慢流落來。

二〇一一年一月　《台文戰線》第二十一期

圍爐

二〇一一年台南文學獎短篇小說佳作

彼種操心擘腹，彼份講袂出喙的思念，林清堂足足佇心內囥了七冬。

自從伊的後生望源敲電話講二九暝彼日欲轉來了後，林清堂的心情就親像鼎底的滾水，大粒細粒泡仔浡（phū）無時停，一刻都無法度平靜。

講起來實在予伊真怨感，這个後生毋是佇外國，嘛毋是飛去外太空，就干那是去到台北爾爾，卻是七冬無踏入家門一步，連通電話的次數嘛算會出來，加起來袂超過十肢指頭仔。

十冬矣！林清堂吐一个大氣：源仔離開南部到台北食頭路已經十冬矣。頭兩三冬猶會轉來故鄉看兩个老的，自從彼年大選爸仔囝為著支持的對象無仝冤家量債了後，伊就毋捌閣倒轉來過。拄著親情五十、厝邊隔壁問起：「恁後生咧？哪會攏無看伊轉來？事業做遮大？」林清堂一粒心肝就像刀咧割。事業做偌大伊是毋知，一个囡仔飼甲遮大漢，煞像翼股轉硬的鳥仔飛甲無看影跡，連越一下頭都無。遮濟冬來，故鄉爸母的形影佇伊心中恐驚已經罩一層茫霧，看袂清矣。

後生毋轉來，林清堂嘛激氣無欲佮伊聯絡。

「豈有此理！烏鴉佮羊仔囝都知影爸母的恩情，我林清堂的後生讀到大學，敢講連做人囝兒的孝道都毋捌？遮濟冊攏讀對尻脊骿去矣？」

林清堂滿腹鬱卒無地講，別人面前從此毋願閣再提起望源這个唯一的後生。

如今聽講望源欲轉來，林清堂一開始毋敢相信，不時問伊的牽手芬芳：

「妳敢有聽斟酌？」

「彼通電話敢有影是源仔敲來的？」

予問煩矣，芬芳睨一下清堂：「毋是源仔無敢會是生份人欲來佮咱做伙圍爐？

毋相信，你煞袂曉家己敲電話去問伊。」講煞，話尾幽幽加一句：「源仔有轉來無轉來，橫直你嘛無要無緊。」

哀怨的聲嗽一時予林清堂親像倒轉去當年芬芳對伊頓腳使性地、sai-nai 的青春少年時，酸微仔酸微的滋味對心肝內勻勻仔湠開，四十冬前酸甘甜的心情。

林清堂無講話，手揜佇尻脊後慢慢行出厝外。門口倒手爿兩欉種了五六冬的卡滋啦（九重葛）開甲紅葩葩鬧熱滾滾，正手爿的花欉嘛開滿一簇一簇細細蕊米黃色的桂花。一陣風吹過，空氣中充滿著花的清芳。林清堂深深敕一口氣，感覺今年的桂花毋知是按怎開著特別芳。

聽著外口漏風漏風的呼噓仔聲，芬芳好奇頷頸伸長長探向窗仔外，原來是清堂一面沃花，一面歕彼條伊已經誠久無唱的「媽媽請妳也保重」——

若想起故鄉，目屎就流落來，
免掛意請妳放心，我的阿母，
雖然是孤單一个，雖然是孤單一个……

芬芳頭攲攲恬恬聽，無偌久嘛綴咧哼起來：

寒冷的冬天，夏天的三更暝，
請保重毋通傷風，我的阿母，
期待著早日相會，期待著早日相會……

芬芳愈哼嚨喉愈絚，想著伊的心肝源仔遮濟冬來佇他鄉外地毋知過了好無，目睭慢慢罩著一層霧，伸手共� (juê) 一下，想袂到煞挼出規絡無法度收煞的目屎來。

三十五歲才生著這个後生，對怹林家總算有一个交代。自細漢伊食的、穿的、用的逐項都比頂面三个阿姊較好，連「望源」這个名也是清堂用心計較想幾若暝日，掀幾若本冊才想出來的。無像三个查某囝淑芬、淑惠、淑美，號一个名親像雞母生雞卵，噗一下就出來矣，無了啥物時間佮精神。

「望源」，望囝飲水思源。芬芳知影清堂是按呢向望的。

自細漢望源個性就誠好強毋認輸，逐項代誌一定欲爭甲贏，不時佮伊的阿姊冤家相觸。

「恁小弟較細漢，做人阿姊就小讓伊一下。」逐擺芬芳按呢講的時陣，第三个查某囝淑美就窮分：「阿母偏心啦，攏較疼小弟。哼！重．男．輕．女！」。後尾四字是喙翹翹用北京語講的，聲調雖然無大，卻是一字一字揰佇芬芳的心肝頭。

講無重男輕女是騙人的，芬芳家己心內有數。毋過，望源仔是孤囝，是怹林家的香火，無疼伊欲疼誰？閣再講……查某囝嫁出去是別人的，以後食老會當倚靠的嘛是這个後生爾爾。

講著倚靠，芬芳一粒心雄雄勼勼作一毬。兩个老的將來敢有影會當倚靠這个後生？源仔佮怹老爸政治立場相差天佮地，一个藍，一个綠，色水分明。逐擺若講著政治話題就辯甲頷仔頸筋浮甲大條細條，徛佇兩人中央，為翁嘛毋是，為囝嘛毋是，規氣莫睬怹隨在怹去吵。想袂到彼冬為著一場選舉兩个爸仔囝舞甲若冤仇人，望源仔賭氣無欲閣轉來，一个人踮台北像活佇另外一个世界。這款代誌講實在嘛干那會當講予巷仔口開五金店的阿鳳聽爾爾，好佳哉阿鳳無將這當作笑詼，閣安慰講這無算啥，別人兜猶有兄弟為著這擛刀相刣、翁某冤家離婚的。

「擛刀相刣？翁某離婚？」僥倖喔！芬芳想，有影是別人食麵怹咧喝燒。翻頭想著莫龜笑鱉無尾，家己厝內嘛無好甲對佗位去，心酸的感覺又閣溢起來到心肝頭。

•

二九暝彼工，林清堂佇眠床頂翻來翻去，倒規哺久天猶未光，規氣起床去三樓佛廳掃塗跤、拭佛桌，摸東摸西，了後點三枝香，跪佇佛桌前稟告神明祖先：

「觀音佛祖在上，弟子林清堂的後生林望源今仔日欲對台北轉來囉！這幾冬來伊佇外面拍拚事業，感謝觀音佛祖保庇，予伊會當平平安安順順序序……」拜了，目睭瞌瞌想過去想眼前，心肝頭鹹酸苦汫透濫做一鼎。過一觸久仔，聽著樓跤銅鼎鉎鍋敆敆叩叩的聲音，知影芬芳已經起來，合掌共觀音佛祖佮祖先牌位拜三拜了後就跁落樓跤。

芬芳佇灶跤當咧無閒，看著清堂，開喙問：「透早就跁起來摸東摸西，是按怎？睏袂去？」

林清堂頕一下頭：「無代無誌規暝一直眠夢，睏袂落眠，等袂天光……」

「遮奇？普通時都遐爾好睏。我看是恁源仔欲轉來，你歡喜甲睏袂去。」

「清彩講講矣！」林清堂一个面激膨膨：「出去若拍（phàng）毋見，轉來若抾著，有啥物通好歡喜的？」

早頓食煞，林清堂兩三下手將一份報紙掀看了了。擇頭看時鐘，猶未七點。

「哪有可能時間過遮慢？龜咧趖嘛毋是按呢！」無欲相信，目睭展大蕊閣看一下斟酌：長短兩支針滴滴答答照起工行，時鐘好好無歹！

林清堂一時毋知欲創啥好，越頭看著桌頂彼包對聯，圓椅頭仔擇咧就行到門口跁懸開始貼。無偌久，大紅的對聯已經貼好勢，過年的氣氛隨對這片大門跳出來矣。

四時和氣春常在
一家安樂慶有餘

清堂擇頭目睭微微看彼兩排厚實飽滇的楷體毛筆字，一字一字慢慢讀入去心內。

門口的對聯逐冬貼，一冬過了，拆掉舊的閣換新的，幾十冬就按呢過去矣。

清堂想起望源細漢的時陣上愛貼春聯，米甕、冰箱、房間門……，伊攏搶欲貼，有一冬貼甲賰一張「滿」字，伊歪頭想來想去，落尾去貼便所門。芬芳笑伊：哪有人佇便所貼「滿」？滿出來就費氣矣。伊一聽，隨走去揣一个空的餅篋(kheh)仔，园十箍銀入去內底，然後捧去园佇便所門的壁角。

清堂臆出伊的意思：「滿」是滿餅篋仔內底的錢，毋是滿便所坑。

「餅篋仔的錢若真正滿出來你欲按怎辦？」芬芳刁故意問伊。

「儉起來，閣換一个較大的餅篋仔园入去。」

「毋過……錢园佇便所，恐驚會有臭味呢！」

「會當開就好，臭哪有要緊？」

天真的話語當中摻著大人的世俗。

「一个囡仔疕爾，會有這款想法，將來無的確是做生理的跤數」。芬芳按呢共清堂講。

是毋是生理跤數，大漢了後由在伊去發展，林清堂並無特別的向望。親像家己，論做穡無夠氣力，做生理無夠手腕佮口才，猶是安份一點仔做伊的國小教員較穩當，大富大貴是無可能，上無猶飼會飽某囝。

林清堂會記得望源讀高一彼年，有一工食暗頓的時陣，里長來揤電鈴，提予伊一个批橐仔。

「林老師，這是三號縣議員候選人發的行路工，恁兜……」

話猶未講煞，林清堂隨共拍斷：

「免，阮兜的票毋賣，這錢你提轉去。」

「莫按呢啦林老師，咱遮四箍輾轉逐戶攏有收……」

「我頂擺就講過，若欲買票跳過阮兜莫來，里長你敢袂記得矣？」

「會啦！我會記得！毋過……這錢雖然無足濟，猶是真好用，閣較戇嘛愛收落來。」

「毋免講矣！我袂收，嘛無可能投伊！」

里長走了後，望源啉幾喙菜湯，伸手拭一下喙角，講：

「阿爸有夠奇怪，人都已經提錢到你的目睭前，你閣共揀出去。橫直是伊家己送上門來，不拿白不拿嘛！」

「講彼啥物話？不拿白不拿？我林清堂這世人做人清清白白，堂堂正正……」

「喔~~又閣來矣！」望源兩蕊目睭吊懸懸反白仁：「我知我知，阮逐家攏知，你誠清高……」

「林望源！」袂輸事先講好的，淑惠、淑美兩姊妹同齊大聲喝。上溫柔的大姊淑芬無出聲，毋過面色嘛無好看，規間厝內干那這个小弟敢按呢對阿爸講話。

「我實在毋知阿爸按怎想的，咱會使共錢收落來，莫投予對方就好啊！」

「無需要！咱收遐的錢袂較好額，無收嘛袂較散赤。」林清堂這句話講出喙，望源總算喙合起來無閣再出聲。

往事親像走馬燈，一幕一幕佇林清堂的腦海內轉踅。伊徙開看對聯的視線，慢慢行到巷口，頷頸伸長長看遠遠。

香菇雞的芳味湠甲規厝間時，時間已經倚近下晡三點。

林清堂無聲無說又閣慢慢散步到巷仔口，掠每一台開過來的車金金相，十幾台開過伊面前，無一台慢落來、無一台斡入來巷仔內。

佇巷口踅來踅去，清堂無意中看著牆仔邊一个九層塔盆栽，雄雄想著望源以早上愛食九層塔煎卵。

磚紅色的盆仔誠舊，缺一大角，內底的九層塔發甲誠旺，看起來親像毋捌挽過。彼个破盆仔已經囥佇遐誠久矣，逐工佇這條無尾巷出入，竟然無注意著啥物時陣生出這欉九層塔來。

林清堂倚佇遐認真推想彼盆九層塔有主人抑是無人種家己發出來的？

「凡勢無人的，若無哪會放咧攏無挽？共挽一寡來煎卵應該無啥要緊。」

「袂使得，毋是家己種的，就算挽一葉嘛無應該。」

「毋過若一直無人挽，過幾日開花就無彩矣。」

「開花就開花，佮你有啥底代？」

兩个聲音佇林清堂心內摸摸搦搦，落尾伊也是頭越咧大跤步行轉去厝內。

聽著外口轎車駛近的聲音，芬芳趕緊行到大門探看，拄好看著一台烏色的轎車駛入來。

「緊咧！轉來矣轉來矣！」芬芳越頭共清堂攑手，等清堂行到身軀邊，聲調放小特別共伊交代：「會記得！莫閣佮源仔講著政治。」

林清堂嚨喉卡卡，目箍淡薄仔澹溼。毋免牽手提醒，家己嘛想欲好好修補爸囝兩人的關係，無欲閣佮望源辯政治，伊欲講啥，隨在伊去！年歲愈大，對親情愈看重，世間有啥物會比親情較重要的？

徛佇車門邊，清堂一粒心肝吣噗趒，親像咧拍鼓。

得欲落車的是數念七冬的後生。七冬，足足七冬！這世人佮芬芳是猶有幾个七冬通過？

車門拍開前一刻，芬芳行倚來一步，清堂無張持搕（khap̍）著伊的手蹄仔，淡薄仔冷、淡薄仔溼。

現此時，目睭前的人面肉白白，梳海結仔頭，掛金框目鏡，穿一軀深藍色的西米羅，烏色的皮鞋拭甲會反光。

芬芳攑頭掠伊斟酌看，是望源仔無毋著，夢中不時出現彼个面容。

徛佇兩人面前，望源吞一下喙瀾叫一聲「阿爸、阿母」，硬硬柴柴的聲音內底摻著幾分的生疏。

林清堂恬恬看伊，感覺一種無法度形容的生份，兩人干那離一兩步遠，卻是像隔著一堵厚厚的牆。遐爾深的思念，遐爾久的期待，見著面煞毋知應該用啥物表情來面對；這个時陣，伊笑也毋是，毋笑也毋是，就算有目屎，嘛愛鎖佇目箍內，袂使予輾落來。

日頭落山，冬夜天寒。飯桌頂滿滿的腥臊掩崁袂過干那三个人圍爐的冷清。自從淑芬、淑惠、淑美三姊妹仔攏嫁出去了後，圍爐的氣氛就毋捌閣鬧熱過。面對後生，林清堂滇滿滿強欲溢出來的感情佇胸坎絞滾，卻是無半句話迵過嚨喉空，愈想欲講，愈像纏規毬的膨紗抽袂出話頭。目睭看芬芳一面共望源挾菜，一面問伊佇台北的生活，一時感覺家己袂輸無相關的外人仝款。伊輕輕放落碗箸，揀開椅仔徛起來，行去拍開客廳的電視，想欲增加一寡鬧熱的氣氛；特別節目中藝人佮來賓歡喜的笑聲煞顛倒放大飯桌這爿的稀微。

坐佇飯桌前，望源看著伊阿母頭殼頂的霜雪，感覺淡薄仔虧欠。毋過，對伊阿爸的怨，這幾冬來卻是一直佇心內浮沉轉踅，揣無出口。

•

拄到台北彼段日子，望源感覺家己像一隻蚼蟻跋落大海，四箍圍揣無上岸的機會。「有沒有經驗？」，「回去等候通知」的咒語暝佮日重重硩佇伊的心肝頭，連夢中都有蜂仔飛來伊的耳空邊咿嗡叫重覆這兩句話。蹛佇稅厝隘佮暗的小房間、行佇人車鬧熱的街路，寂寞無時無刻像一領烏色的網仔罩落來。人講台北是一个五彩的花花世界，毋過，對伊來講毋是；伊是彼領烏網仔內底一尾離水的魚，無法度喘氣，嘛看袂清外面美麗的世界。

他鄉外地，人面生疏、路草無熟，欲生存完全愛靠家己。伊做過雜誌推銷、餐廳服務生、鞋店店員，落尾進入一間貿易公司做業務，毋管焱日抑是透風落雨，逐工行踏一條閣一條的街路、一棟閣一棟的大樓，拜訪客戶拚業績。拍拚兩冬，升做課長了後，烏白的日子開始加添美麗的色水。這个城市的繁華鬧熱，這款五彩燈火的生活趣味，攏是故鄉所無的。

離總統大選一個月前的歇睏日，伊轉去故鄉。

彼工暗頓食煞，規家伙仔坐佇客廳開講，電視轉來轉去攏是佮大選有關的新聞，畫面上政黨之間互相用利劍劍的話攻擊剾洗，支持者擛旗仔對罵，逐家火氣攏誠大，彼款對立的情緒佇不知不覺當中慢慢湠出來到電視外。無偌久，聽著政論節目內底喙角全波的來賓講「這擺台灣若變天，阿共仔會有動作，股市會崩盤、經濟會退……」的時，這葩翕燒的火潁終其尾點著。

「講彼啥物無智識的話！做無好，政黨輪替理所當然，用這款話恐嚇民眾實在有夠可惡。」伊阿爸一面罵一面轉台。

「這有可能啊！你敢保證這擺袂發生？閣再講，換一个暴力佮反商的政黨起來敢會較好？」伊佮伊阿爸無仝調。

「啥物彼有可能？啥物暴力、反商政黨？無彩你讀遐濟冊，遮爾無頭殼，連這款刁故意恐嚇佮抹烏的話你也欲信？」

紲落去的話愈辯愈激烈，親像欲競選總統的是伊佮伊的阿爸仝款。

「總講一句，恁南部人實在……」

最後彼句話是按怎對家己的嚨喉衝出來的伊已經袂記得矣，無法度放袂記的是伊阿爸喙開開、目睭展大蕊，毋敢相信的表情。

時間佇彼个時刻完全停止，空氣也凝做霜。

「恁南部人？」伊阿爸規个面脹紅：「你敢毋是？抑是你已經變做台北人矣？」

「你若是遮爾鄙相你的故鄉，感覺做台北人較高尚，按呢你以後就踮台北攏莫閣轉來……」話未講煞，伊阿爸嚨喉先滇起來，目箍也轉紅。

伊將目睭徙一邊，避開伊阿爸的面，煞正正對著伊阿母憂愁無奈的眼神。

「敢著愛講甲遮傷感情？欲選總統是別人兜的代誌，恁兩个爸仔囝是咧吵啥貨？」

吵啥貨？吵看爸囝啥人較有智識，看法較正確？吵看藍綠佗一色較有台灣心？抑是吵看啥物人較會曉做總統？

吵到落尾，伊的阿爸叫伊以後莫閣轉來！

伊感覺心一直沉，卻是沉袂到底、靠袂著岸。

無講半句話，伊行李揹咧越頭就走，放伊阿母著急的叫聲踮後壁一路逐，逐到台北，逐入去伊的夢裡……。

電話咧喨的聲音共望源飛走的心神摸轉來圍爐的飯桌。芬芳去客廳聽煞，行轉來坐落，講：

「恁三姊淑美敲來的，叫你加躑幾工，講伊佮恁大姊、二姊初二攏會轉來。」

望源頷頭：「我初三下晡才會走。」

「恁三姊結婚彼工你無轉來，伊等甲新娘車欲起行猶咧貓貓看，毋相信你連伊的婚禮都無欲參加。上車的時陣一直偷拭目屎，面頂的新娘妝差一點仔就花去。」

聽著芬芳提起這件往事，清堂的心就疼。細漢恁兩个姊弟仔雖然上敖相觸，毋過感情顛倒上好，望源竟然連恁三姊出嫁都無轉來。彼工敬酒的時陣誠濟親情朋友一句「恭喜」了後紲落就問：「咦？望源仔無轉來？」親像無在場的望源才是彼工的主角仝款。別人的婚禮是歡頭喜面，恁是滿腹遺憾閣愛勉強激出歡喜的笑容。

眼著清堂面色毋著，芬芳趁夾雞腿予望源時趕緊換一个話題：

「著啦，阿源仔，你猶佇彼間貿易公司？工課有順序無？」

「工課是有順序，不而過，我佮另外兩个同事計畫去中國彼爿發展，按算過年後就會辭頭路。」

清堂翁某一聽驚一趒，開喙同齊問：

「辭頭路？」

「嗯！我這擺轉來就是順紲欲佮阿爸參詳一層代誌。」

「啥物代誌？」芬芳搶做前問。

「去彼面開店需要資金，阮按算一个人出兩千萬。我想講……這錢暫時先共阿爸借一下。」

「兩千萬？」芬芳一聽規身軀熱烘烘，袂輸一把柴火對跤底雄雄燒起來：「恁阿爸哪有遐濟錢？」

「這應該毋是問題，我想過矣，咱山頂彼塊地會當共賣掉，這間厝抵押予銀行，加上……」

猶未講煞，清堂開喙拍斷望源的話：「山頂彼塊地是祖產，袂使賣得！」

「祖產袂使賣的觀念已經落伍矣啦阿爸，彼塊地一直囥佇遐等於死錢，愈囥愈無價值。」

「阿源仔，頭路猶是罔食較實在啦！咱這毋是快活錢，厝內一仙五圓攏是我佮恁阿爸儉腸捏肚儉落來的，一仙錢嘛袂堪得了啊！」

「妳放心啦阿母，我佮朋友有去算命，結論攏講這个時陣時機當好，趁大錢無啥問題。」

「相命喙糊累累，人講算命若會準，石頭頂嘛會生竹筍。」

「驚驚袂著等啦阿爸，你放心，等我趁大錢，一定予你佮阿母過誠富裕的日子。」

林清堂看望源目睭發金，拍胸坎自信滿滿，親像已經趁著大錢仝款，一粒心肝比磚仔角較重。

欲按怎放心？大人大種做代誌猶是遮爾懵懂，錢佇佗位猶毋知就佮人講好欲去中國投資做生意？

伊啉一喙沙士，將腹內的鬱火揞落去，放軟聲調講：

「我佮恁阿母儉儉仔用、儉儉仔過，這款日子就感覺真四序矣，阮無向望欲過偌富裕的日子，你緊娶一个某較有影。中國錢無遐好趁，政策隨時會變，毋那風險大，陷阱也真濟，你無看偌濟人去遐了甲悽慘落魄轉來，較嚴重的連命都無去。」

「阿爸安啦！我的朋友佇遐有熟似一寡官員，這部分阮會先安搭好勢……」

聽著安搭，清堂面頂隨罩烏雲，目眉攏勼倚來：

「欲按怎安搭？提錢去烏西官員？彼官員的胃口你敢填會滇？痟貪軁雞籠，做生理若需要用著這款步數，不如莫做，跤踏實地食你的頭路就好！好矣，緊食飯，閣講落去菜攏冷矣。」一講煞伸手欲攑箸，無張持煞偃倒面前正手爿彼杯沙士。三个人同齊「啊」一聲，芬芳佮望源走閃袂離，茶色的沙士對飯桌津落恁兩人的衫裙佮西裝褲。

林清堂耳仔根燒燒，一句「失禮」含佇喙內。芬芳趕緊跁起來抽幾張衛生紙，一面拭望源的西裝褲，一面唸清堂：「你毋著較細膩咧！」

望源無啥物表情，頭向向（ànn ànn）看伊的西裝褲無出聲，飯桌頂的氣氛比外口的風閣較霜冷，電視內底的歌聲佮笑聲這个時陣聽起來予人心情顛倒刺鑿。

毋知過偌久，望源開喙：

「阿爸你教一世人的冊，做生理無影會比我較敖，是毋是需要用彼款步數毋免你共我指導。佇遐做生意，欲按怎做才有法度生存我比你較捌。只要你錢借我，啥物攏免加講，我拍拚予你看！」

「我毋是青盲牛，逐工看報紙哪會毋捌？有人連規間公司都夆拆食落腹去，一肢骨頭都無賰，留一條命轉來算好運的。你想講烏西官員就萬無一失？我共你講，官員有時就是彼隻虎啦！話講倒轉來，我嘛無遮好額有兩千萬通借你。」

「彼塊地……」

「莫閣想彼塊地矣，就算共賣掉，閣提這間厝去抵押，嘛猶差兩千萬誠遠咧！」

「我這幾冬有儉一寡仔錢，加阿爸的退休金，若閣無夠……嘛會當共姊夫怹借寡。」

「你想錢想甲起痟矣？退休金提去我佮恁阿母靠啥生活？欲共恁姊夫借？莫去害恁阿姊！逐家這攏辛苦錢，萬一你了甲悽慘落魄，是欲提啥來還人？」

「天下間哪有你這款老爸？我欲拍拚事業，你毋那無祝福，閣自頭到尾一直看衰。」

「好矣好矣！有話好好仔講，爸仔囝代，莫講無幾句就欲起冤家……」芬芳伸手摸一下望源。

「這攏是誠好的一个機會，若失去，我會怨你一世人。」望源無睬伊的阿母，目睭凝惡惡看伊的老爸。

這種話、這款眼神！林清堂血壓衝懸起來：「有夠橫逆，這款話你講會出喙？好！無要緊，我就予你怨我一世人！」

爸囝攏佇風火頭，芬芳講啥無人聽會入耳，飯桌頂食無偌濟的規桌腥臊早就已經冷吱吱……。

望源提行李行向大門口時，芬芳心狂火熱一跤步走過去欲共閘落來：

「莫按呢，才拄轉來，上無嘛踮兩工才走。」

望源閃過伊，繼續行出大門。芬芳緊翻頭看一下坐佇客廳規晡久袂振袂動若一身柴頭尪仔的翁婿，刁故意大聲講：

「莫急欲走，投資的代誌明仔載才閣佮恁阿爸好好參詳……」

林清堂猶是坐佇遐無出聲、無越頭、無共留。

伊聽著引擎發動，開出巷口；聽著芬芳逐出去，閣一路感感嗆嗆行入來蹈去二樓的房間出力關門；聽著家己胸坎內底嗶嗶啵啵碎去的聲音。

毋知坐偌久，四周圍攏恬靜矣。巷口親像有車駛入來，伊趕緊蹈起來開廳門探看，外面啥物都無，只有一陣一陣的冷風對拍開的門縫吹入來。

時鐘行到拄好十二點正的時陣，炮仔聲開始大聲細聲磅無時停，近的猶未磅煞，遠的又閣接紲落去。

林清堂拖著沉重的跤步跁去二樓，行入浴間共門輕輕關起來，提一條面巾對拗掩佇面頂，將滿腹敨(tháu)袂開的心事交予這條面巾。

「來無張持，去無相辭。」伊無聲悲嘆，複雜的心情像外口的炮仔，霹霹啪啪磅甲伊的肩胛頭一直震起來。

二〇一二年一月　《台文戰線》第二十五期

烏龍大的

二〇〇六年，立夏，五日節。

文生佇三十五歲生日亦就是五日節這工，搬入這間厝歲五冬的三樓透天厝。

會選這个日子其實是伊的阿母的主意。怹阿母揣一个青盲的算命仙仔算過，講這工是大吉大利的好日子；甚至這間厝嘛是彼个算命仙頕頭背書，講有合文生的八字，蹛了會平安順序閣會有誠好的財運。

對這，企管出身的文生無堅持啥物立場。厝況好、地點好、交通利便才是伊要意的。結婚八冬無通予伊的爸母抱孫一直是兩个序大人心內的遺憾，搬厝看日的問題就據在怹去主意，怹歡喜就好。

扗搬入來隔工，文生佮伊的牽手以珊無閒甲親像干樂仝款，樓頂樓跤跁起跁落，想欲趕緊共紙箱仔內底的大大細細項物件歸位园好。

舞甲大粒汗細粒汗的時陣，門口有人揤電鈴。

「叮咚，叮咚，叮咚——」

連紲五六聲聽起來誠無耐性的電鈴強欲將文生的火氣點著起來。

電鈴這款揤法？啥人遮爾無禮貌？文生規身軀汗對翕熱的三樓從落去一樓。

鐵門拍開，一个剃平頭穿吊袡仔身軀刺龍刺鳳大約五呎七的生份面雙手攬胸徛佇門口。

「少年仔，歡迎搬來跟我做厝邊。」伊開喙講話，台語透濫北京語，面頂無啥物表情。

「厝邊？」

「我住你隔壁，左邊這間啦！」伊指頭仔比倒手爿彼片落漆的紅色大門。

文生完全無想著會有這款厝邊，一時愣愣講袂出話。

「我姓賈，賈柏斯的賈你知道吧？」無等文生應話，伊隨閣接落去：「住在這裡，以後有誰找你麻煩，沒關係，你跟我說，老子出面替你解決！」伊用拳頭母出力搥一下胸坎。

「找麻煩？袂啦！阮拄搬來，也無去惹著啥物人……」猶未講煞，攑頭看伊兩蕊目睭若牛目，倒眉一跡長長的傷痕若像捌予刀仔劃(liô)過，趕緊共喙合起來。

「總講一句，有代誌揣我烏龍大的就著矣。有我保護，沒有人敢對你怎樣。」伊講煞，話尾閣加一句：「這裡大家都喊我烏龍大的。」

「烏龍大的……」文生托一下烏框目鏡，毋敢加應話，心內暗暗叫苦。

「有影是揀啊揀，揀著賣龍眼。看過遐濟間厝，偏偏去買著這間隔壁蹛鱸鰻的……」

「是隔壁的厝邊，伊講伊叫烏龍大的。」文生拖著沉重的跤步行入二樓主人房，對當咧整理衫櫥的以珊講。

以珊越頭看翁婿，目頭結結：

「烏龍大的？聽起來袂輸烏道大哥咧！」

「規身軀刺龍刺鳳，看起來有影就是烏道的範啊！」

「啊抑咱兜的電鈴是欲創啥？」

「伊講若有人揣咱的麻煩毋免驚，伊會保護咱。」

「嗄？」以珊目睭展大蕊：「聽起來有夠奇怪。拄搬來爾，啥人無緣無故會來揣咱麻煩？」

「就是啊！我看……會揣咱麻煩的恐驚顛倒是伊……」講到遮，文生雄雄恬去，佮以珊兩蕊目睭相對相：

「敢是……欲收保護費？」

彼暗半暝三更，文生佮以珊予隔壁乒乒砰砰的聲音吵醒。

「他奶奶的，恁爸拍予妳死……」

「啊……不要打我……」

吵家抐宅的聲音迵過床頭彼堵壁共文生佮以珊驚醒。

烏龍大的咧拍某？

文生從到窗仔門邊掀開布簾(lî)仔，規條巷仔恬寂寂，每一戶攏猶佇隨人的夢中，親像除了伊佮以珊，四箍圍仔無任何一戶聽見。這予文生一時煞懷疑家己是毋是致著幻聽的症頭？

「不要打……啊……救命啊……」哀爸叫母喝救人的叫聲又閣大聲起來，文生規身軀的血規个衝到頭殼頂。

有夠粗殘！閣按呢落去真正會拍死人。

文生大步行過去以珊的化妝台攑電話報警。傷過緊張致使伊感覺伊的身軀、伊攑電話的手、甚至伊的心臟攏像著災仝款掣無時停。

無偌久，伊聽著警察車對巷口駛入來的聲音。

徛踮窗仔門邊掀一縫布簾仔看出去，文生看著警察車停佇伊的門跤口，車頂一直爍的警示燈佇暗夜中予人感覺心誠驚。

「啊！害矣！」文生雄雄想著拄才警察咧問地點的時陣，一時緊張煞報出家己的住址。按呢敢毋是真明顯洩漏出這通電話是伊敲的？

袂輸予雷摃著，文生規粒頭殼攏麻去，規身軀的雞母皮全夯起來。

「喂，開門！開門！」他聽著警察佇外口大聲咧叫門。

文生佮以珊毋敢喘氣，一粒心肝強欲對嚨喉空跳出來。斟酌一聽，好佳哉警察是咧拚隔壁的門。

隔壁恬寂寂，拍人罵人的聲，哀爸叫母的聲攏消音去，親像拄才啥物代誌攏無發生，一切的吵鬧聲攏是怹翁某兩人咧陷眠仝款。

「喂，開門啦！」警察繼續拚門。

過誠久烏龍大的才出來開門。

「遮久才來開，無——恁兜是閣按怎？」丹田有力中年警察的聲音。聽起來應該毋是第一擺來。

「沒事，沒事。」

「沒事，是按怎閣有人報警？」

「無代無誌是咧報啥物警啦？食飽傷閒——？」烏龍大的的聲調溫溫仔，慢慢仔，話尾牽長長。文生想伊誠實是一尾鱸鰻，若無哪會敢對警察按呢講話？過一觸久仔，警察車開走矣。烏龍大的無隨入去厝內，徛佇門口大聲撟：「他奶奶的，啥物人遮家婆敢去報警？予恁爸知影伊就知死！」

文生真緊就知影，彼暝只是一个惡夢的開始。連紲幾若工，仝款的戲齣佇半暝一再搬演。文生總算了解是按怎厝邊隔壁對這家伙仔的吵鬧一屑仔反應都無，原來怹已經慣勢，講閣較白咧凡勢嘛會使講，怹已經麻痺矣。

文生翁某日時上班，暗時才有佇厝裡，下班了後就盡量無出門避免搪著烏龍大的。拄著有人揤電鈴一粒心肝就嗶啵趒，恐驚烏龍大的若毋是欲來收保護費，就是知影彼暝怹報警，欲來報復矣。

想著翁某兩人儉腸揑肚閣共銀行貸款三百萬才買這間厝，遇著這款厝邊，文生心內有講袂出的鬱卒佮無奈。

一工暗時八點半，有人揤電鈴。

門口徛一位矮頓矮頓頭毛反白大約五十外歲跤兜的歐吉桑，滿面笑容挾(tu)過來一張傳單：「少年家新厝邊乎？我是鄰長，來，這張予恁，後個月咱這里……」

以珊佇厝內聽著是鄰長，趕緊出來共請入客廳探聽烏龍大的的代誌。

講著烏龍大的，鄰長隨一腹肚火：「烏龍大的？大尻川啦大！彼个術仔，拄著真正大尾的毋敢赵趄半聲，干那會曉牛牢內惡牛母……」

以珊問敢是會共人收保護費，鄰長講：「彼免驚伊，嚇(hánn)古意人有效爾，莫睬伊就好。」

「免驚伊？莫睬伊？」敢有影？文生感覺罩佇頭殼頂的烏雲小可散開，毋過猶是毋敢全然放心。

講著烏龍大的俍某，鄰長講這个查某囡仔白白嫷嫷生做誠幼秀，拄來的時陣烏龍大的對伊不止仔好，了後煞一日到暗懷疑伊討契兄，只要參查埔人講話攏予當作兩人有曖昧，連俍某的同事佮送批的郵差嘛無例外。這款症頭愈來愈嚴重，伊開始拍某，甚至連怹某有身五個月矣都予拍甲落胎。

原來烏龍大的拍某毋是一工兩工的代誌矣。

「是按怎無欲佮伊離婚？」以珊愈聽風火愈著。

「戇啊！」鄰長吐一个大氣：「一直數想有一工伊會改，我看猶未改，人都先予拍死矣較有影！怹外頭厝看袂落去共炁轉去，無幾工家己包袱仔揹咧閣走轉來。唉！戇啊！」

烏龍大的猶原三工兩工就伫半暝拍某，那拍那罵，台語、北京語輪流放送。拍忝罵忝矣，夜才算真正恬靜落來。有幾若擺文生電話擇起閣放落，伫是毋是應該報警當中躊躇。鄰長講以早社區的厝邊捌報警過，警察嘛來過誠濟擺，毋過情形一直無改善。

若按呢，閣敲電話報警敢有啥物幫助？

有時文生會對家己這款心態感覺見笑，毋過，想著烏龍大的捌放調若予知影啥人報警就欲予好看，文生心肝頭就凜凜，感覺這會予伊佮以珊陷入無法度按算的危險當中。

有一个歇睏日文生佇門口洗車，烏龍大的怹某拄好騎機車對外面轉來。得欲騎到怹兜門口的時陣，對面劉太太的細漢孫仔雄雄從出來，伊趕緊閃開，機車一時失去控制倒落來，共伊的跤重重揤牢咧。文生看著這幕掣一趒，趕緊進前將機車偃起來，紲落伸手欲扶伊，伊小可閃一下，緊越頭看巷口，袂輸驚予拄好轉來的烏龍大的看著仝款。

彼是文生第一擺遮爾近看著伊。長長直直的頭毛，看起來像溫純的大學生，文生甚至感覺伊有一種予人誠自然會想欲保護、想欲疼惜的氣質。以珊講伊嫁予烏龍大的真正是「一朵鮮花插在牛糞上」，文生完全同意這个講法。

彼擺了後，烏龍大的怹某佮以珊若佇門口抑是巷口的籤仔店拄著加減會小可開講。

佇不知不覺當中，伊成做以珊對文生講話的話題：

伊叫做小柔。

高中的時陣熟似大伊八歲的烏龍大的。

烏龍大的恁老爸是老芋仔，老母減恁老爸十五歲。兩人佇烏龍大的讀高一彼年的寒天瓦斯中毒雙雙過身。

烏龍大的逐工去小柔的校門口等伊放學。

烏龍大的齣頭誠濟，小柔佮伊做伙，原本單純平靜的生活充滿新奇佮刺激。

無顧厝內的反對，小柔高中畢業就搬出來佮烏龍大的蹛作伙。

小柔的老爸氣甲中風。

小柔的老爸含恨過身，無半冬，小柔的老母嘛綴恁老爸去矣！

小柔講伊**回不去**矣。

……………

平常時，文生袂興聽別人的八卦，毋過，毋知是按怎，有關小柔的任何話題，伊有一種無法度解說的關心。

八月中秋前一工，三更暝半，烏龍大的又閣發作矣。

「妳說，妳說呀，今天和誰約會去了？沒有？以為我沒看見？當老子眼睛瞎了？那明明就是妳的背影！嗄？我看錯了？恁爸眼睛1.2的會看錯？好，妳不承認，恁爸有辦法叫妳承認……」

咬牙切齒的聲音袂輸一隻掠狂欲共人拆食落腹的野獸，隔一堵壁，文生親像看著烏龍大的的拳頭母像雨仝款落佇小柔的身軀。奇怪的是，這擺牆仔彼面恬寂寂，完全無聽著小柔的哭聲。這種恬靜真反常，恬甲文生佮以珊甚至懷疑烏龍大的只是對空氣耀武揚威，小柔根本無佇厝。

夜已經真深，文生又閣佇是毋是應該報警當中躊躇，越頭看以珊，伊面向壁尻脊骿對文生，看袂出來是醒抑是睏去。文生將想欲講的話吞落去，感覺家己佮牽手愈來愈像巷內的厝邊矣。

中秋節彼工透早七點，文生開門提信箱內底的報紙，看小柔徛佇厝前恬恬看向巷仔口。一看著文生，伊躊躇幾秒鐘，行過來像貓咪仔細聲問：「林大哥，我敢會當入去恁兜一下？」

文生心內淡薄仔疑問，毋過猶是頕頭，小柔隨用誠緊的速度行入怹兜，文生綴佇伊的後壁，看伊瘦抽的背影直直的長頭毛，略略仔有成電影《倩女幽魂》內底的**聶小倩**。

「我決定欲離開伊矣，想講應該過來共恁相辭一下。」坐佇膨椅，小柔頭向向（ànn ànn），目眉尾一條誠明顯的傷痕。

「離開伊是……佮伊離婚？啊彼个傷……恁翁拍的？」以珊一眼就看著彼个傷痕，那問那開屜仔提紅藥水。

「昨暝予伊用玻璃薰觳（khok）仔擲傷的」，小柔伸手摸一下目眉的傷，繼續講：「離婚？阮……其實無結婚。」

「無結婚？」以珊叫出來：「無結婚早就應該離開伊矣，是按怎留落來予欺負甲遮忝？有夠粗殘，這玻璃薰觳仔遮重，小可偏一下擲著目睭妳就青盲矣！」

紅藥水抹落去，目眉尾的血痕愈明顯矣。

「多謝恁彼暝報警替我解圍。」

「嗄？」以珊驚一越：「妳知影是阮報警的？」

「恁拄搬來，干那恁上有可能。遮的厝邊早就無想欲睬、嘛毋敢睬矣。較早鄰長捌好心報警，結果予伊覱歹鐵門，鄰長驚甲幾仔日毋敢出來。唉！講起來……我真對不起人。」小柔無奈的口氣帶著這款年紀無應該有的滄桑。

文生總算知影是按怎彼日鄰長講著烏龍大的會遐爾倒彈。

「佮伊做伙八冬，我已經死心，袂閣對伊有啥物期待矣。」小柔徛起來，閣一擺說謝：「我欲來走矣，伊會睏甲十點，欲走愛趁這陣。這擺離開我袂閣轉來矣！」

拄行到客廳的門邊，隔壁雄雄傳來出力摔門的聲音，紲落伴隨一句驚天動地的「吳——儀——柔！」

小柔滿面驚惶，面色白死殺，袂輸一目躡規身軀的血攏傘抽焦仝款。

以珊愣兩三秒了後回神，趕緊牽起小柔的手越頭覕去二樓。

無偌久烏龍大的就過來拚門矣。

「啥物代誌？」文生徛佇門內透過鐵門五公分闊的縫問頭殼頂當咧衝煙的烏龍大的。

「我老婆有在你家嗎？」完全無其他的話屑仔，烏龍大的開喙就問。

「七早八早恁某哪會佇阮兜？」文生托一下目鏡，盡量予家己看起來誠鎮靜。

「好大的膽子，居然趁老子睡覺打算離家，要不是他媽的一通打錯的電話把老子吵醒……」烏龍大的鬢邊的青筋像杜蚓仔咧趒。

文生閣托一下目鏡，無講話。伊知影這馬盡量莫惹烏龍大的發性地，毋過嘛袂使予家己看起來傷軟弱。

「我老婆真的沒在裡面？」烏龍大的頭殼敧一爿目睭展大蕊對門縫看入來。

「無！」文生幌頭。

烏龍大的用僥疑的目神看文生，喙裡踅踅唸：「最好是沒有」。講了越頭行轉去。文生暗暗喘一个大氣，拄欲入來客廳，烏龍大的煞閣翻頭行轉來。

「喂！等一下！」伊大聲喝。

「我不信啦！八成在你家，行李都打包好放客廳了不可能走遠……。」講煞伊出力揀文生的門。

「欸欸欸，你咧創啥？」文生出聲阻止。

「你他媽的讓我進去瞧瞧我才相信！」烏龍大的比文生閣較大聲，伸跤大大力蹔一下大門，大腿一尾蜈蚣趒過文生的目睭前。

「喂，你這是幹什麼？」文生亦急亦氣，性地予烏龍大的這个蹔門的動作激夯起來。

對一尾鱸鰻用這種口氣，文生毋知欲按怎形容這款感覺。像一个對抗惡勢力隨時準備欲壯烈犧牲的英雄？抑是其實就是毋知死，用一粒雞卵去拚石頭爾爾？

文生猶未想清楚家己到底是啥物角色，目尾雄雄影著小柔褪佇客廳紗門外口彼雙咖啡色的鞋仔。

「害矣！」伊心肝趒一下，氣勢規个弱落來。

彼雙鞋仔若予烏龍大的看著，代誌就大條矣。

烏龍大的繼續踢門，文生陷入一種進無步退無路的困境。伊真知影這馬袂使開門和烏龍大的理論，嘛袂使規氣入來客聽莫睬伊。伊必須用伊的身軀來閘烏龍大的的視線，絕對袂當予伊看著小柔的鞋仔。

厝邊隔壁有人聽著吵鬧的聲音開門出來探看，文生祈禱有人過來主持公道，毋過落尾怹也是閣勼入去隨人的厝內底。

汗對文生的鬢邊佮尻脊骿流落來，伊意識著家己敢若已經捲入這个漩渦內底無法度脫身矣。

佳哉這个時陣以珊揀開紗門出來，看著小柔的鞋仔小可愣一下，無出聲隨共踢去烏龍大的視線看袂著的壁角。

「賈先生，有啥物代誌？」參烏龍大的隔著一道鐵門，以珊表情佮聲音激甲誠冷。

「我老婆在妳家吧？」烏龍大的雙手插腰兩跤徛開開。

「在我家？才從睡夢中被你大呼小叫吵醒，你老婆怎會一早出現在我家？」

「沒有最好！那就讓我進去看一下，真的沒有我馬上走人。」烏龍大的閣踢一下鐵門。

「不——要——再——踢——門！」以珊憤怒的聲音雄雄夯懸八度，共身軀邊的文生掔一趒。

「踢壞了我告你毀損！再說，憑什麼要讓你進來？沒我們允許你硬闖進來這就是私闖民宅，我一樣可以告你。」

文生毋捌看過怹某遮爾赤，講話遮爾利，伊臆無定著是烏龍大的粗魯踢門的動作予恁某掠狂矣，才無咧管待伊是鱸鰻抑是啥物碗糕。這片鐵門是搬入來進前開幾若萬箍換的，貴參參咧！

烏龍大的面色對青轉白閣再轉紅。火山欲爆發進前敢是生做這款？文生開始流清汗。

毋知過幾世紀，烏龍大的鼻空「哼」一聲，徙開跤步三角肩那行那撟：

「好！好！給老子走著瞧。共恁爸試看覓咧！」尾仔彼句一字一字對喙齒縫洩出來，冷吱吱、利劍劍，聽甲文生一粒心臟強欲糾筋。

空襲警報解除，入來到客廳，文生才感覺嚨喉焦甲像火咧燒。以珊驫佇膨椅，拄才硬激出來彼種氣勢像雲予風吹散，一目矔消失甲無看影跡。兩人攏無講話，親像規身軀的氣力佇拄才已經攏總用盡矣。

這世人頭一擺面對一个鱸鰻感受著遮爾直接的威脅。文生想起對面的劉太太捌偷偷共伊講烏龍大的可能有咧食毒，安非他命抑是速賜康彼類的。敢講這就是以珊彼幾句欲告烏龍大的的話對伊產生了嚇驚作用的原因？若無，伊敢遮簡單就會放準煞？

無偌久，小柔目箍紅紅對樓頂落來，文生想起伊才是這場風暴的主角，烏龍大的著急欲揣、怹翁某皮繃絚拚命欲藏的人。

一直到日頭落山，小柔毋敢踏出大門一步：

「我太了解伊矣！伊這馬定著搬一條椅仔坐佇客廳的紗門頭前注意門口佮恁兜的動靜。」

暗時十點外，聽著隔一層壁的浴間傳來洗身軀的水聲，小柔繃絚的面色才總算放冗落來。

「我欲緊來走矣，真歹勢共恁添遮濟麻煩。」

堅持無欲予文生開車載伊離開，小柔講：「伊懷疑我佇恁兜，這馬若予聽著恁兜開車庫門的聲，就算伊佇浴間無穿衫褲嘛會隨衝出來。」

遮个話予文生的頭殼內底浮現伊飆速開車載小柔逃命，烏龍大的佇後壁開銃追殺的畫面。

無時間加講話，以冊牽過小柔的手共錢囥佇伊的手蹄仔。像搬一齣無聲的電影，以冊輕輕仔開門、輕輕仔關門，小柔大伐步無聲離開，無講再見，嘛無時間越頭。月娘照佇伊的身軀，牽出一條孤單的影。

彼暝，長長的夜，冷冷的月，一種悲涼的感覺重重硩佇文生佮以冊的心肝頭。定著有閣較好的處理方式？文生按呢問家己。伊為家己佇這个事件當中無夠勇敢無夠智慧感覺見笑佮遺憾。

●

中秋了後連紲幾若日無看烏龍大的的人影。

自搬來遮，這是上清靜的幾个暝日。文生行踏佇客廳、房間、灶跤……，發覺蹛遮一段日子矣猶毋捌斟酌去熟似這間厝。

佇心肝底，文生向望烏龍大的上好永遠莫閣轉來，毋管啥物原因，就算是發生任何歹事故攏好。這種咒誓人的心態敢會當講是自私抑是邪惡？文生無想欲知影。

總是，天公伯仔並無允伊這个向望，幾日後烏龍大的轉來矣。

彼暝翻點，文生翁某已經入眠，隔壁傳來徙桌仔椅仔的聲音，徙規晡久，紲落開始佇文生怹的眠床頭這堵壁釘釘仔。

硞……硞……硞……硞……硞……硞……

文生無奈坐起來，伊想欲出聲共阻止，抑是仝款出力硞幾下壁來表達怹的抗議。毋過伊啥物都無做，干那恬恬行去窗仔邊掀開布簾仔看外口的夜色。這變成伊逐擺予烏龍大的吵甲睏袂去的一个慣勢動作。

釘壁的聲音總算停矣，文生猶袂赴敨一口氣，烏龍大的開始大聲唱一條流行歌：

「你說你，想要逃，偏偏註定要落腳，情滅了，愛熄了，剩下空心要不要……」

唱煞紲落大聲哮，喔喔叫的哭聲比刣豬較歹聽。

哮了伊閣繼續唱：

「春已走，花又落，用心良苦卻成空，我的痛，怎麼形容……」

一條歌，一擺閣一擺重覆這款唱了就哭，哭煞閣唱的齣頭，有時猶會停落來摻幾句：「回來呀小柔，妳到底跑哪兒去了？沒有妳我日子怎麼過？」

「世間就是有這款人，幸福佇身軀邊的時陣袂曉好好仔珍惜，等失去矣才來捶心肝哭斷腸。」按呢想的時陣文生有幾秒鐘的時間是淡薄仔同情烏龍大的。毋過當伊聽著「他奶奶的，妳以為妳能躲到幾時？老子就不信找不到妳，被我逮到……」遮的話紲落閣對烏龍大的的喙裡輾出來的時，文生著驚甲下頦強欲落落來。

這个人起痟矣！這款天差地的情緒反應絕對毋是一个正常人應該有的。文生閣一擺體會著一直對烏龍大的抱著希望毋願放棄的小柔是按怎最後會看破離開；伊嘛暗暗罵家己孝呆，竟然會為著一條情歌去同情一个無情的人。

烏龍大的的症頭愈來愈嚴重，逐工佇半暝那唱歌那哭到天光，鬧甲文生感覺家己已經得欲神經衰弱矣。

有一暝，烏龍大的閣來揤電鈴。

「手頭不方便，跟你借個五千塊。」烏龍大的身軀褪腹裼(thǹg-bak-theh)，干那穿一領短短的花內褲，胸坎的刺龍刺鳳佮大腿的蜈蚣親像欲共面頭前的人拆食落腹。佇彼一目矚，文生的意識淡薄仔茫渺去，毋知家己所畏的到底是烏龍大的這个人，抑是刺佇伊身軀彼幾隻鑿目的龍鳳佮蜈蚣？

文生無講話。想起鄰長捌講過的「免驚伊」、「莫睬伊」。

啊！欲按怎免驚、欲按怎莫睬？鄰長家己毋是驚甲覕踮厝裡三工毋敢出門？

文生終其尾猶是行入客廳提兩千箍出去。

「兩千塊？」烏龍大的規个面捋落來：「給老子這兩千塊是算什麼？」

文生目睭避開烏龍大的刺甲花巴哩貓的身軀，兩蕊目睭直直看向烏龍大的肩胛後彼片紅牆仔：「我手頭嘛無方便」。

烏龍大的面色誠歹看，拳頭母揑牢咧袂輸隨時會揍(bok)過來。

「老子手頭不方便，你小子敢學我？」

「我需要納貸款」，文生徛挺挺，隨時準備接烏龍大的一拳。

幾分鐘的恬靜了後，烏龍大的拳頭母放開：「好啦！三千塊給你欠！」

文生慢慢陷入一種鬱卒的情緒當中。伊感覺伊的生活品質完全予一个精神無正常的鱸鰻嚴重影響，蹛佇這間厝內，伊無法度完全放鬆家己。這種情緒予伊閣一擺對揹三百萬的銀行貸款來買這間厝感覺絕望，頭起先買厝的歡喜早就一點一滴消失矣。

霜降，秋天已經行到盡磅。

彼暝，雨答答滴滴，加減崁過烏龍大的的哭聲佮歌聲。這種的秋涼雨夜予文生繃絚的神經淡薄仔放冗落來。

窗仔外的雨聲漸漸安定伊的心神，慢慢變做一首催眠曲；文生佇秋清的氣溫佮平靜的心情中沓沓仔入眠。

毋知過偌久，一聲摔破玻璃杯的聲音割碎恬靜的夜，文生翻一个身，共薄薄的涼被摸攬佇胸前，無想欲醒來。

「予我氣著……恁爸就放把火把房子燒了……」

像予雷公爍爁摃著，文生佮以冊規个人對眠床頂趒起來。

放火燒厝？以冊跳落眠床從去開衫仔橱的暗屜共手摺簿仔、印鑑、所有權狀以及結婚相片攏總捎捎擲入一个紙袋仔內底。

「欲按怎？伊敢真正會按呢做？」褪赤跤雙手攬紙袋仔徛佇衫仔橱邊的以冊面色驚惶頭毛散亂。

文生鬱佇心內的憂悶像大雨了後雄雄漲懸的溪水。

烏龍大的有影起痟矣！文生無法度料想啥物時陣烏龍大的會真正用一支番仔火燒掉伊佮以冊的人生？

大大字的「售」貼佇大門的時，文生和以珊青狂搬離開彼間三樓透天厝。

烏龍大的漸漸沉入去怹記持的底層。

•

十外冬過去矣！

有時文生的記持無張持會倒轉去彼當時。想失去連絡的小柔毋知過了好無？想烏龍大的到底敢知影彼暝報警的是啥人？想以珊聽著烏龍大的欲放火燒厝的驚惶，想伊猶「欠」烏龍大的三千箍……。

按呢想的時陣，伊同時嘛會想著彼个從來毋捌見過面的、青盲的算命仙。

二〇一八年十一月　《臺江臺語文學》第二十八期

夕顏

二〇〇五年吳濁流文藝獎短篇小說獎

素觀慣勢頭向向(ànn ànn)行路。

向頭行路，源自伊無心講出喙的一句話：欲幫外媽鬥揣一粒拍無去幾若日的鈕仔。

久矣煞變習慣，行咧行咧，就頭向向(ànn ànn)兩蕊目睭對塗跤巡去。

【一】

「阿觀仔，我的鈕仔拍無去矣！」

彼年寒天，八十三歲的外媽徛佇門跤口手搭胸坎淡薄仔喘，幽幽對拄位外口轉來的素觀講。頭殼頂白甲誠齊勻的頭毛佇十二月的日頭跤閃閃發光，略略仔澹溼的鬢邊猶粘著幾支散颺的頭毛絲仔，看會出拄才毋知佇厝內厝外揣偌久的著急。

看慣勢外媽一向穿的彼款傳統兩截式殕色衫褲，雄雄看著這領寶藍色對襟絨仔外套，素觀目睭規个金起來。八十幾歲的老人矣，用「足媠」來形容若像無偌妥當，毋過佇彼當時，伊確實想袂出會當用啥物閣較適當的言詞。彼領寶藍外套穿佇阿媽身上，伊的外媽規个人醒目起來，面頂的老人斑袂輸一下仔攏齊隱形去。

「阿媽今仔日真婧呢！」素觀講。

伊的外媽現出少女彼樣的笑容，頂下兩排假喙齒整齊雪白。毋過干那三四秒鐘的時間，伊的笑容隨閣收起來。

「阿觀仔，我一粒鈕仔拍毋見矣！」怹外媽用手指家己的衫仔裾尾，閣講一擺。

「無要緊，我共你鬥揣看覓。佇佗位拍毋見的？」

「毋知影呢，無定佇遮，嘛無定佇遐。」外媽應著無清無楚。

素觀看一下四箍圍仔，閣越頭看伊阿媽身軀彼領衫，開喙問：「彼粒鈕仔生做啥物款？」

「圓圓，扁扁，殕仔色，有一點仔透明，差不多遮大粒……」怹外媽伸出大頭拇比予素觀看。

明明紩的是中式的琵琶鈕仔，素觀想袂曉是按怎衫仔裾尾會遐龜怪加出彼粒聽起來誠無鬥搭的鈕仔？毋過殘留佇頂面的線頭卻是證明彼粒鈕仔確實是捌存在過的。

「有可能是落佇厝內面，行，咱入來，有閒我會揣出來予妳。」

素觀共伊阿媽的肩胛頭幔咧行入去厝內底。

才蹛三工，怹外媽就急欲轉去。

「嫁出去的查某囝潑出去的水，三工已經有夠久矣，閣留落去會予人講閒仔話，查某囝歹做人。」

逐擺怹外媽攏按呢講。

素觀無法度認同這款講法。誰會講閒仔話？久久才來一擺，每一遍攏是蹛一兩工就開始坐袂牢，為著加食囝婿查某囝幾喙飯心肝頭袂自在。

過晝，素觀提伊阿母準備的幾項物件入去房間，敧身佇眠床邊坐落來。

「阿媽，哪無欲加蹛幾日仔？」伊將食的、用的分頭园入柑仔色佮紅色的包袱仔綁絚。

「阿觀仔，敢揣有？」怹外媽坐佇眠床頭，共捋(luàh)甲誠金滑的後頭擴盤一个頭鬃，將烏色的頭鬃網仔套入去。

「揣有啥物？」素觀愣愣問。

「彼粒鈕仔啊！」

素觀「嘖」一聲拍一下家己的後頭擴，笑笑講：「啊！歹勢，煞去放袂記！我看我買一粒比這閣較媠的鈕仔予妳敢好？」

外媽輕輕仔搖頭：「毋免矣，我干那愛彼粒，別粒我無愛。」

「無……我閣揣看覓，無定是輾入去桌仔跤……。放心啦阿媽，我一定會揣出來予妳！」

素觀毋知影家己是按怎會講甲遮爾肯定？伊其實並無遐確定家己揣有。凡勢外媽失望的眼神予伊毋甘，凡勢，伊只是過頭看輕這粒鈕仔佇外媽心目中的份量。

怹外媽目睭一金，卻是將素觀這句話囥入去心肝底矣。

開學前幾日，素觀的阿母吩咐伊：「揣時間轉去庄跤看恁阿媽一下，伊家己一个人誠孤單。」講煞，拍開菜櫥仔，提出上內底面的錢袋仔撏幾張錢提予素觀：「囥佇恁阿媽的屜仔內底，莫予伊看著！」誠像細漢的時陣伊的外媽會偷偷仔將錢塞入伊的手蹄仔，細聲講：「趕緊收起來，莫予恁阿母看著」。母仔囝仝一个樣，予人錢攏著按呢掩掩揜揜，驚若予對方看著，兩爿就會佇遐推捒半晡。

素觀會記得有一擺外媽予伊錢，怹阿母知影了後，叫伊錢撏出來還怹外媽。「妳囡仔人無欠錢用，錢予恁阿媽留咧就好。」伊的阿母按呢講。伊乖乖將錢提還外媽，然後矗佇遐看錢佇外媽佮阿母的手中間推來讓去。後來外媽略略仔起性地唸伊的阿母幾句，怹阿母就投降認輸矣。

外媽贏了這場戰爭，錢又閣倒轉來素觀的橐袋仔。素觀日後見若想起，就忍袂牢笑出來。

●

興南客運四十分鐘的車程一路將素觀送轉去庄跤外媽兜。三合院曠闊的門口埕兩隻鵝仔看有人行倚，隨伸長頷頸大聲叫起來。看鵝仔一直逼近，素觀驚一趒倒退幾若步。一个烏焦瘦的查某人對厝內行出來，掠素觀金金相規晡久，才慢慢仔開喙問：「妳……敢是錦芳的查某囝阿觀仔？」

查某人必叉的聲音，素觀認出伊就是誠濟冬前捌佮外媽相拍的大妗。

素觀頕一下頭，叫一聲「大妗」，查某人繃絚的面淡薄仔放冗。

「久無看變甲遮爾婧，強欲袂認得矣。」大妗講。

素觀擠出一絲仔笑容。誠久無見面，當年彼个誠強勢，一開喙就親像機關銃掃甲翁婿囝兒走閃袂離的大妗，聲音無變，歲月卻是無留情佇伊的面頂佮身軀頓落印記。

素觀看著面前的大妗，目睭前浮現當年伊佮外媽大家新婦兩人擽掃梳和扁擔佇門口埕這个所在相拍彼一幕。彼當陣六歲的伊徛佇邊仔滿面驚惶，真驚外媽會死佇大妗的扁擔之下。

彼場戰爭按怎收煞伊已經無啥物記持矣，干那會記得擽掃梳的外媽跋倒，仆佇塗跤目屎流規面罵伊的大漢後生無路用，據在這个不肖新婦忤逆老母。伊彼个時陣竟然愣愣徛佇遐，完全無想著趕緊去共伊的外媽扶起來。大妗一手擛扁擔一手插腰受氣喝咻的聲音佮面容煞從此佇伊的記持內面生根。

「今仔日哪有閒來？欲揣恁阿媽是否？伊佇房間內底。」恁大妗伸出焦瘦的指頭仔指上內面彼間房間，紲落又閣踅踅唸起來：

「才拄倒轉來點外鐘呢！食甲遮老矣閣一日到暗四界拋拋走，講欲揣伊的老歲仔伴開講。阿一寡仔老歲仔攏轉去蘇州賣鴨卵矣，是賰幾个會當相揣……」

看伊一喙銀齒開開合合吐出來的話語猶原遐酸利，素觀對恁大妗的不滿雄雄衝懸。

「妳從來都毋捌親近伊、無欲佮伊講話，伊的寂寞妳哪有可能會捌？」受氣的話溢到嚨喉雄雄擋牢，伊的阿母彼句「閣按怎講伊嘛是我的兄嫂，妳也是愛稱呼伊一聲大妗……」予伊將話吞倒轉去。

無管待恁大妗猶唸無時停，伊越頭對外媽的房間行去。

揀開兩片厚厚重重、落漆嚴重的茶色柴門，一陣澹濕的臭殕味洩出門外。房間光線誠暗，素觀看著伊的外媽佇眠床頂倒坦攲身睏去，身軀的被蓋無好勢，瘦薄的尻脊骿現佇棉積被外。

素觀跁上懸懸的眠床，輕輕共被摸過來蓋予好，閣輕輕拍開柴窗予光線照入來。

外媽看起來睏誠入眠，完全無致覺著身軀邊有人。是毋是拄才行足遠的路去揣老歲仔伴？素觀心內淡薄仔毋甘。盤坐佇眠床頂，越頭看房間四周圍，褪色的壁面掛兩个一尺四方的相框，內面貼幾張反黃的烏白相片。相框下跤是咖啡色的衫櫥，閣過去倚眠床邊囥一條量約兩尺半的柴桌仔，遮就是食三頓的所在矣。

素觀想起六歲彼年捌佇遮蹛一段時間，彼个時陣定定坐佇眠床頂，兩支跤伸入去這條柴桌仔跤，食外媽煮的虱目魚幼麵。摻著薑絲清甜芳味的虱目魚湯佮幼軟的麵線，成了伊細漢記持中難忘的滋味。

彼當陣恁外媽和大妗感情就已經拍歹矣。大家新婦兩人見著面若像生份人仝款，連三頓嘛隨人煮食。

無定著因為伊是外媽上疼的查某孫仔，踮佇遐彼段時間他大妗攏是斜目看伊，有時佇暗暗的灶跤相搪，怹大妗陰冷的眼神定定予伊感覺尻脊骿一陣痲冷。

大漢了後對阿母喙裡才略略仔知影，外媽當年原本誠疼大妗的大漢後生。可惜大伊十歲的大表兄人牽毋行鬼牽蹓蹓走，十八歲彼冬沐著跋筊了後就規个人反形去，定定偷外媽的錢去跋。

有一擺大表兄閣跋輸筊，竟然偷外媽的厝契去抵押。這層代誌大妗原本知情，煞做伙隱瞞。外媽知影了後雖然傷心受氣，嘛只好提錢替伊還清筊債。無偌久，大表兄又閣欠下一大筆筊債，這擺大妗為後生出面求情時，外媽感心拒絕矣。

「賭坑是無底洞，按怎填嘛填袂滇，閣再講我已經賰無偌濟錢矣……」

「妳做人阿媽的哪會遮爾凍霜，大孫有難也見死不救……」

「倖豬夯灶，倖囝不孝，妳是欲倖伊到啥物時陣？」

大家新婦兩人為這層代誌冤家量債，歹面相看。一直到有一工大表兄半路予債主閘著，拖去暗巷修理甲帶身命，兩个人心內的空喙愈裂愈大空，無法度閣再補紩矣。

二十一歲彼年大表兄過身，大妗哭甲天崩地裂，日月無光，外媽心碎無地講，干那會當目屎對腹肚內流。

兩人心內攏有怨、有遺憾。怨恨的種子佇心內生根暴穎，大家新婦兩人從此互相無交睬成了生份人。

一隻胡蠅佇外媽面頂散步巡視，素觀伸手共趕走。看老人猶原睏甲芳沉，素觀一時心適，頭向向（ànn ànn）一粒一粒算起伊阿媽面頂的痣。

外媽的痣佮老人斑強欲仝款濟。痣敢有影是胡蠅沾過留落來的記號？素觀想起細漢的時有一擺伊的阿母掠素觀的面金金相，「嘖」一聲：「有兩粒胡蠅屎痣呢！」自彼時陣起，伊對胡蠅就有一種講袂出的嫌惡，見若欲睏攏愛提手巾仔崁面才會安心。

「囡仔人厚怪癖！」伊的阿母毋知緣故，定定按呢講伊。

拄才彼隻胡蠅佇老人頭殼頂踅幾若輾，又閣飛過來揣機會想欲降落。素觀拄伸手欲共趕走，恁外媽雄雄翻過身鼾一聲，素觀掣一趒，趕緊將手勼轉來。

外媽佇這時陣褫開目睭，掠素觀看規晡久。

「阿媽！」素觀出聲共叫。

袂輸這聲「阿媽」恁外媽才算真正醒來仝款，伊手摸榻榻米勻勻仔坐起來，手腕的玉環滑落焦瘦若雞爪的手盤。

「阿觀仔？妳哪會來？」

無等素觀應伊，伊閣問：「食飽未？」

素觀頕頭：「阿妳食過未？」

「我袂枵。恁三姈有捀過來，猶囥佇菜櫥仔內。」伊手指眠床邊仔彼條低低的菜櫥仔，講煞喙開誠大哈一个唏，閣伸手抓（jiau）伊彼頭銀白的頭毛絲。

人生的變化實在歹料想，素觀捌聽阿母講，當初三个新婦當中，大妗原本上得外媽疼，三妗上無伊的緣，想袂到後來大妗佮伊變成冤仇人，顛倒是三妗較捷過來探看。

假使人生會當重來，外媽敢會重新分配伊對遮的新婦囝孫的愛？有時素觀會按呢臆想。

素觀看外媽開屜仔提出一包長壽薰，敲出一支點著番仔火，頭向(ànn)向(hiòng)小可會掣的手欶一喙，薄薄的煙輕輕對伊皺皺的喙唇歕出來。

以早看外媽食薰，素觀心內有誠大的疑問。伊一直掠準干那查埔人才會噗薰，參像伊的阿爸抑是叔、伯。後來伊閣注意著，外媽有時仔會佇胸前內面的橐袋仔袋一包薰佮一盒仔猴山仔商標的番仔火枝。

讀高中的時，看著電視頂金頭毛的外國查某囡仔頭攲攲目睭微微、抹胭脂的喙唇小可翹翹咧噗薰的廣告，外媽食薰的形象予伊一種誠特殊的感覺。佇老人身上，伊敢若看著完全顛倒反的兩種文化。

素觀會記得有一擺問外媽是按怎會食薰？外媽笑笑講細漢的時看伊的阿爹咧噗薰，伊狡怪趁伊阿爹無佇厝偷學伊。

「薰哪有影偌好食？嗾（tsa̍k）一下半小死！」。外媽講。

真正開始食薰是翁婿過身了後，伊藉食薰來安搭無依倚的靈魂。

「無效啦！愈食心內愈稀微……」外媽閣講。

「阿觀仔，彼粒鈕仔敢揣有？」恁外媽那問那開屜仔，抶（tu）予伊一粒已經淡薄仔生黏的糖含仔。

素觀小可躊躇一下，伸手接過來。

「我已經袂愛食糖含仔矣」，伊原本想欲按呢講，話到喙邊又閣吞倒轉去。

伊感覺外媽有當時仔若像會迷失佇時間的河流內底，袂記得目睭前的查某孫已經二十外歲，毋是當年討糖仔食的六歲查某囡仔。

真正予素觀感覺心內袂安的是，恁外媽竟然閣再一擺提起彼粒鈕仔。這予伊為毋捌認真去揣彼粒外媽心心念念的鈕仔深深自責起來。

無定著，佇伊拄醒來彼一目躡，是掠準伊專工提鈕仔轉來的？

「猶未揣著呢！」素觀應了心虛。

老人欶一喙薰，頭頷頷想一觸久仔，講：「彼日恁兜頭前彼條路我有行過，無定是落佇遐，妳敢有去揣過？」

素觀舌根拍結，咿咿嗯嗯講：「猶……猶未，等一下轉去我隨去揣。」

「妳囡仔人近視無一定揣有，較輸我這兩蕊老人目。若真正揣無，另日我家己去揣一逝（tsuā）。」

素觀恬恬毋知欲按怎應。

干那是一粒足普通的鈕仔，清彩買攏會當揣著閣較媠的來代替，是按怎遮爾堅持無彼粒袂使？

兩人中間有幾分鐘的恬靜。

素觀回想高中有一段時間，伊佮外媽之間的關係突然變甲誠生疏。除了「呷飽未？」、「毋通閣減肥矣，查某囡仔傷瘦無好看」之類的話，伊看會出來外媽足想欲揣話佮伊講，毋過短短兩三句，兩人的對話就像當咧挨的弦仔雄雄斷去，無話通講的氣氛親像一堵壁，懸懸橫佇媽孫仔兩人中央。起初外媽猶認真想欲揣話題，後來就慢慢放棄矣。

一絲仔薰味飄散佇空氣中，素觀回神過來，看外媽指頭仔夾薰愣愣看向窗仔外彼欉老楊桃樹。

素觀清一下嚨喉，認真欲揣話題，就親像當年的外媽仝款。伊攑頭看著掛佇壁裡的相框，順手就共提落來，就頂面的每一張相片閒閒問起。

伊看著外媽的目睭褫金，面頂有了笑容，聲音也即時有了元氣。

「這是恁阿母，彼時伊生做真媠，誠濟人佮意伊呢！」

「這是恁表兄，漢草真好，人嘛誠緣投。唉！可惜，七少年八少年就……」

「這个是妳彼个短命的阿公啦，早早就轉去矣……」素觀毋捌見過伊的外公，佇伊阿母細漢的時，外公就佇外媽和阿母的性命中欠席矣。

遮濟年來，過往的悲傷疼痛早就堅疕，外媽閣提起遮的前塵往事，只賰清風一陣，無閣再起波動。

素觀注意著外媽共得欲燒到指頭仔的薰尾揤化。

記持中有幾若擺，外媽點薰欶幾喙了後，就若像全然袂記得彼支薰的存在，由在薰屎一輾一輾變長。予伊感覺較驚奇的是，每一擺外媽攏佇薰尾賰一節仔強欲燙著指頭仔的時陣共薰揤化。

日影一路斜西，佇榻榻米頂一吋一吋徙動，素觀一張一張斟酌看相片內底經過時間豉(sinn)過的每一个面容。

「欸？這張毋是相片！這是啥物人畫的？」素觀好奇問，指頭仔指一張紙質略略仔粗已經反黃的少女畫像。怹外媽聽著，身軀倚過來，目睭微微詳細看；四十五度角的面容，素觀看著伊喙角一絲仔淺淺的笑。

「嗯？啥物人畫的？畫的又閣是啥物人？」素觀閣問一遍。

老人無講話。素觀看伊目睭瞌起來，袂輸已經跤入去夢中。

素觀無驚擾伊，恬恬坐佇伊的身軀邊。

一隻鳥仔佇窗仔外的楊桃樹跳懸跳低，沿樹椏跳到窗仔前吱吱啾啾叫幾聲，另外一隻看著也飛過來，綴咧啾幾聲了展翼親密相偕飛走矣。

親像予鳥聲叫醒，老人勻勻仔褫開目睭。

「阿媽睏去矣？」素觀問。

老人搖頭：「去見一个老朋友。」

「佗一个老朋友？」

老人躡目激一个狡怪囡仔的表情，笑講：「愛人啦！」

素觀目睭展大蕊咻起來：「哇噢！愛人！阿媽的愛人喔？畫這張圖的人是否？」

老人予素觀的表情佮聲音弄笑，「呵呵呵……」的笑聲像玻璃珠仔對伊的喙唇輾出來。

素觀看伊笑甲後頭擴的頭摠袂輸攏震起來，刁故意共規个相框提到目睭前：「按呢……畫的一定是少女時代的阿媽囉？」

老人的笑聲內面透濫著嗽聲，這予伊規个面脹紅起來，目箍也因為按呢逼出了規絡的目屎。

•

欲走進前，素觀想起伊阿母交代的錢，恬恬共囥入屜仔晢佇長壽薰的薰殼(khok)仔下面。

行出門口埕，彼兩隻鵝仔又閣伸長頷頸綴出來。

老人一路送出埕前小路，每行幾步素觀就停落跤步：「好矣！阿媽，緊轉去矣。」

「閣行幾步。」老人講。

媽孫仔兩人行行停停攏是這兩句話，一路行到圓環邊的店仔。

無等素觀挦錢，老人搶做前拆一張票。

「到台南。這是阮查某孫啦！大學三年仔矣。今仔日轉來看我。」老人滿面笑容接過票。

無偌久，做伙等車彼三个人慢慢徙動跤步，素觀擛頭一看，客運車拄踅圓環慢慢仔駛過來。

素觀徙一下跤步，老人趕緊將車票园入伊的手蹄仔。

「阿觀仔，愛會記得落車，毋通坐過頭。」老人吩咐，共素觀的手搝絚閣放開。歎嗶仔聲中，車門關起來，客運再度沿著圓環慢慢仔駛離開。素觀越頭看老人孤單徛佇店仔口，目睭依依逐車尾，雄雄想起外媽猶未食中晝頓呢！閣想著放伊一人行轉去彼間清冷的厝，素觀心肝頭一陣疼。車愈行愈遠，伊趕緊將車窗開大縫，探頭向後出力擛手。老人的身影愈來愈小，最後只賰一个殕色的點。

冷風對車窗外灌入來，素觀將窗仔關小，目睭瞌瞌䖙佇座椅，一路恬恬吞哺他外媽的寂寞。

寒天的南部罕得落雨。素觀轉去到台南，看塗跤一片澹濕，臆是才落過雨無偌久。下晡四點半的天誠烏，看起來是拄才這陣雨將天色提早催暗矣。

落車了後，素觀沿附近國中的圍牆仔行一段路斡入去厝頭前彼條巷路。才拄入門雄雄想著外媽心心念念彼粒鈕仔，隨穿鞋仔翻頭閣行出去。

「是阿觀仔？拄轉來欲閣去佗？」伊聽著阿母的聲音對灶跤逐出來。

「揣阿媽的鈕仔。」伊那行那應，頭向向（ànn ànn）看塗跤，一路揣出到巷口。

【二】

老人恬恬徛佇店仔口，雙跤像釘根，目睭金金送客運車愈行愈遠，無法度言說的空虛像一面大大的網仔，四面八方向伊罩落來。

彼年，彼个人的厝就佇店仔口斜對面。

迎親隊伍隨著鬧鬧熱熱喧天的鑼鼓聲經過恁兜門跤口的時，伊坐佇新娘轎內目屎忍袂牢崩堤。佇彼一目躡，伊聽見家己心肝嗶嗶啵啵碎裂去的聲音。

•

十三歲彼年，伊四十歲的阿娘產下最後一胎，伊的阿弟仔。

彼日黃昏，伊手捏銀角仔，踏入庄內彼間油行為伊的阿娘買麻油補身。店裡的電火猶未點著，伊看見彼个人穿白衫坐佇窗仔邊讀冊。空氣中流動著厚厚的麻油芳，將暗未暗的日頭光中，彼个人專心看冊的形影拍開伊最初的思慕。

伊開始關心厝內麻油的存量來。

「安娘，麻油敢欲用完矣？」

「安娘，有需要閣買麻油無？」

為著欲趕緊共麻油用完，伊開始討欲食麻油攪麵線，這予伊的阿娘不只一擺笑對伊的阿爹講：「這个查某囡仔是按怎遮爾愛食麻油？將來恐驚愛共伊嫁予一个賣麻油的才會使呢……」

這句話伊偷偷囥入去心內，日後閣去買油，伊攏感覺是去會伊未來的翁婿。

嘛毋是逐擺去攏會當遇著伊。

有時是伊的阿爹抑是阿娘咧顧店。對您手中接過彼罐滇滇的麻油時，伊有講袂出的失落。

伊佮您兜隔三條街。無買麻油的時，伊猶是會揣理由對您兜行過。運氣好的話會當看著伊。店內無人客的時，伊會恬恬坐佇窗仔邊看冊，像頭一擺看著伊彼時仝款。有幾擺伊拄好攑頭，看著門口的伊，掠準伊欲買油，趕緊倒揀椅仔徛起來，伊面紅紅心虛行離開，像予人發現心內的秘密仝款。

伊攏讀啥物冊呢？不只一擺伊心內按呢想。

伊毋捌字。讀冊認字著上漢學仔，伊的家境普通，加上是女兒身，所致伊和庄裡多數的查某囡仔仝款無去讀漢學仔。

有一擺伊去買油，問伊讀啥物冊，伊應「三字經、千字文、昔時賢文……。」

「妳有想欲學無？」伊問。

伊躊躇，搖頭，閣頕頭。

後來伊閣再去，徛佇店門口；伊擛手叫伊入去，佇彼條桌仔教伊唸起三字經。

「人之初，性本善；性相近，習相遠——」伊手指桌頂掀開的冊頁，一字一句認真教伊唸。

伊煞聽了無啥專心——這个人的聲音真好聽；伊的衫滴著幾滴麻油；厝裡的雞鴨猶未飼呢；阿弟仔哭起來的聲音哪猶親像貓咧叫……。

看伊遮爾無專心，伊共冊闔起來輕輕笑出來。

轉去的路上，想著伊教伊讀冊認真的表情，想著伊的笑，伊感覺一種莫名的幸福，屬於十三歲、早熟的青春。

·

十七歲彼年，庄尾一戶陳姓人家揣人來講親情。

「門當戶對的好人家，嫁過去是做少奶奶的命。」媒人婆講。

為著這句會當做少奶奶，伊的阿爹真緊就同意這門婚事。

「毋是講欲共我嫁予賣麻油的？」

伊對這層婚事百般無願意，卻是毋敢對爹娘透露一點點仔心思。

出嫁進前，伊最後一擺去買麻油。伊無佇店內。

對您阿娘手中接過彼罐麻油，伊行翻頭，重重的麻油像伊沉沉的心情。

猶毋知伊敢知影家己的心意呢！連鞭(liâm-mi)就欲嫁入別人兜矣。伊心內滾絞著講袂出喙的稀微佮無奈，為一直深藏的感情佮將來茫茫歹測的人生。

佇街口轉斡的所在，伊看著伊拄好對面前行過來。

「我欲嫁人矣」，伊毋敢看伊的目睭，喙脣微微仔掀動一下，終其尾猶是無講出喙，恬恬行過伊的身邊。

拄行轉去到門口埕外，伊大跤步逐過來。

「聽阮阿娘講妳欲嫁人矣？」

伊頭頕頕，無講話。

伊動一下喙角勉強笑笑：「攏無聽妳講起。」

伊的心抽疼起來，像辜負伊，嘛像辜負了家己。

伊挆(tu)予伊一本冊，掀開夾佇內頁的一張圖像：「以早畫的，彼陣感覺畫了有成妳，後來妳較大漢看起來就較無成矣，本底想講有機會欲閣替妳畫一張……」

看著畫中的家己，伊的目睭罩一層霧：「面前這个人……敢是也捌佮意過我……？」

看伊目眶紅起來，伊拄欲閣講話，門口埕彼面伊四歲的小弟遠遠傱過來，一聲「阿——姊」猶未完全叫出喙，觸著塗跤規个人歪向伊，仆倒佇伊的身軀。

「阿爹阿娘揣妳——」，阿弟仔共伊摸牢越過面對怹阿姊講。怹同時翻頭，看著伊的阿爹徛佇大廳頭前看怹兩人。伊緊共怹小弟扶好勢，吞落袂赴對伊講出喙的話，反身離開。

仝彼時陣，伊聽著落落塗跤細聲甲強欲無聽著的聲音。

是伊身軀彼領衫的一粒鈕仔。

伊向身抾起，將彼粒鈕仔揑絚絚，恬恬看伊消失佇巷口，行出伊的性命。

出嫁彼日，伊的阿娘幫伊佇新娘衫內面穿一軀代表貞潔的白短衫白布裙。

「入人門順人意」恁阿娘殷殷教示。想著此去離開爸母，從來毋捌見面彼个查埔人生做啥物款都攏毋知就欲成做伊的翁婿，伊心內一陣怨慼。

媒人婆領著新娘轎來迎娶的時，伊垂眉拜別高堂。伊的阿娘手揑手巾仔一直拭目屎，四歲的小弟目睭展大蕊踮邊仔看，無法度理解是按怎外面嘻嘻嘩嘩鬧熱滾滾，獨獨阿姊佮阿娘掩面咧哭？

伊哪會知影恁哭的正是伊的阿姊未知的人生？

迎親隊伍往庄尾出發的時，八音鑼鼓鬧鬧熱熱吹響規條街。伊的心隨著新娘轎的幌振動起起伏伏，對掀開一縫仔的轎簾看出去，伊佇看鬧熱的人群中走揣伊，走揣彼个無緣的賣麻油的書生。突然間，伊看著伊矣！伊恬恬徛佇麻油店口看迎親隊伍，看這頂新娘轎。

所有的嘻嘻嘩嘩、所有的聲音人影，佇彼个時陣攏消失去，天地無聲，伊目睭內只有徛佇店口的伊。

花轎行完彼條街，伊感覺家己的青春、這世人的愛戀也已經行到盡磅。

【三】

「阿婆，恁查某孫仔走誠久矣，妳猶未欲轉去？」

聽著尻脊後賣票的人的問話，老人戇神一觸久仔才悠悠回神過來。

數十年歲月無聲無說行過，庄裡的人事早就全非，彼間麻油店也佇伊出代誌了後關門矣。

老人轉去到厝，彼兩隻鵝仔搖搖擺擺迎出來，伊的大新婦探頭看伊一眼，面無啥物表情共頭越過。

伊勻勻仔佇眠床倒落來。目睭前掛佇壁裡彼个相框袂輸有聲音重複著素觀彼句：「這是啥物人畫的？」

伊無想著家己竟然回答「愛人」。原本只是和阿觀仔講耍笑，誰知話一出喙，滿腹的酸澀煞排山倒海而來——。

伊從來毋捌愛過家己的翁婿。

除了責任佮義務，賰的就是認命矣。

嫁過去了後，伊才知影家己隨成做三个囡仔的後娘。毋捌見過面的翁婿足足大伊十五歲身軀閣帶身命，大房拄過身無偌久，留下三个後生，大家官年歲大需要人照顧。面對種種責任，伊一夜之間被迫大漢成熟。

轉去到外頭厝，知影伊的處境，恁阿娘長長吐一个大氣：「媒人婆攏揀好話講，恁阿爹就完全相信矣。唉！嫁雞綴雞飛，嫁狗綴狗走，嫁乞食就愛揹茄芷斗。這攏是妳的命啊！」

短短幾句話交待了伊的後半世人，伊從此真正認命矣。

幾冬後，伊的大家官前後過往，無偌久翁婿也過身，二十幾歲的伊即時成了寡婦。想起媒人婆笑文文彼句「嫁過去是少奶奶的命」、想起毋敢講出喙的愛、想起予爹娘草草安排的人生，伊悲傷放聲大哭。

往事一幕幕像走馬燈，佇伊的腦海內轉踅。窗外的日光佇這个時陣雄雄暗落去，房間內的光線即時轉暗。

老人手掌㨑㨑米匀匀仔起身扭著電火球仔，腹肚枵飢的叫聲一聲長過一聲。伊拍開菜櫥仔捀出中晝無食的飯，坐佇眠床的飯桌前聊聊仔扒一喙。飯菜已經涼冷，伊聊聊仔哺，哺出了滿喙的酸澀。

歲月悠悠風雨來去，為三个後生佮查某囝成家了後，人生的重擔已經卸落，無閣有啥物代誌會當攪擾伊的心，伊想……這世人就是按呢矣。

一直到彼年春天，台北發生查緝私薰的事件，驚惶不安的氣氛對北到南，慢慢仔佇庄內湠開。幾工後，庄內的人風聲賣麻油的夆掠失蹤矣；過幾工又閣風聲凡勢伊已經無在世……。

傳言紛紛，伊親身行一逝街市。

麻油行大門深鎖，伊對店口行過，親像又閣看著伊穿彼軀白衫恬恬坐佇窗仔前看冊，日頭斜斜（tshuah）照入來，伊的身軀、伊的冊照著黃昏金色的日頭光——。

配一喙前塵往事，老人嚨喉咕嚕一聲吞落一喙飯，忽然間聽著厝頂滴滴答答，越頭看，雨拍佇柴窗框，淡薄仔雨珠潑入來。老人放落碗箸起身去關窗，窗仔外的光就隨著這場雨隔佇外口矣。

台南毋知有落雨無？阿觀仔無紮雨傘，毋通去沃著雨才好。

這陣雨來得遮突然，予人料想袂到。拄才天氣猶好好呢！

老人重重喘一个大氣：人生中料想袂到的代誌敢毋是隨時攏咧發生？

遮濟年來，伊掠準已經共彼个人放袂記矣，無想著前幾日仔夢見伊徛佇恁外頭厝的門口埕笑笑向伊擛手，伊遠遠看去，看著伊身軀彼領衫欠一粒鈕仔，衫仔裾尾予風微微仔吹掀。伊雄雄想著，趕緊傱入去房間著急揣，等伊總算揣著傱出門口埕，伊已經行遠。十七歲的伊手絚絚揑著彼粒鈕仔一路哭一路逐……。

醒來面頂猶留著淡薄仔澹溼。越頭看四箍輾轉，只有規厝間的稀微佮寂寞；忍袂牢的目屎不知不覺像雨流落老人滄桑的面。

追趕袂轉來的，敢亦毋是伊的人生？

彼粒鈕仔，只好等有一日轉去天頂才紮去還伊矣。

想到遮，伊心肝雄雄摸絚：「拍無去彼粒鈕仔，毋知素觀揣會轉來無？」厝頂的雨聲愈來愈大，叮叮咚咚落佇老人心內，一下仔就將伊的寂寞規个兜倚來。

●

伊擇頭閣看一下壁裡的相框，親像有聲音傳出，斟酌共聽看覓，敢若看著伊指彼本三字經冊，一字一句教伊唸：「人之初，性本善；性相近，習相遠……」。

伊這擺心神放專心矣，聽咧聽咧，不知不覺輕輕綴伊唸出來。

二〇一九年八月　《臺江臺語文學》第三十一期

劫數

立秋。

下晡一點，無風無搖，天氣猶真翕熱，日頭出來無偌久又閣隨勼入去。

林時安出門進前，正蕊目睭皮雄雄跳無時停。

天色誠烏陰，親像隨時會對頭殼頂摒一桶水落來仝款；門口彼台銀色中古一二五予伊拭甲光噹噹，看起來袂輸新的。

時安擽頭看一下烏炭炭的天頂，远過機車，拄發動，厝內恁老母桂竹嫂仔的聲音牽長長對尻川後逐出來：

「有紮雨幔無？烏天暗地，若像欲落雨矣……」

「有喔！」伊越頭應一聲，油門催落，騎向二十公里外欲面試彼間貿易公司。

風鞬過安全帽佇伊的耳空邊咻咻叫，伊伸手小可喬一下這頂戴幾若冬的安全帽，風聲隨轉小；過無偌久，尖尖利利的風聲又閣佇耳空邊吱起來。

需要換一頂安全帽矣。時安想。

退伍到今，失業已經足足超過半冬矣，揣頭路四界碰壁，攏講欲倩有經驗的，伊愈揣對家己愈無信心。

「有經驗？佗一个有經驗的人毋是對無經驗做起的？」伊的阿母替伊不平。

「無要緊，寬寬仔揣毋免急，咱厝內無精差你一塊碗一雙箸……」

一塊碗一雙箸的重量若磚仔，重重踮佇伊的心肝頭。

欲按怎莫急？自從幾冬前阿母喙齒根咬絚佮阿爸離緣了後，厝內大大細細事項就攏落佇阿母的肩胛頭。小妹現此時佇台北讀私立大學，學費生活費開銷傷重，家己閣猶未揣著頭路，一家口仔天光目睭擘金就攏愛開著錢；欲按怎莫急？

時安想起退伍前一工，輔的出力搥一下伊的肩胛頭，喙歪歪欲笑毋笑對伊講：「叫你簽志願役你不要，恭喜你即將加入失業的行列。」

無定著彼當陣簽落去才是正確的。時安閣伸手喬一下安全帽。輔的毋那一擺頓胸坎講：「簽下去就是了，怕什麼？有事我罩你！」

彼句「我罩你」聽起來偌爾仔有氣魄偌爾仔有夠力！伊有淡薄仔動心。

「別傻了，上面有業績壓力……，聽聽就好。」賭半個月就欲退伍的學長私底下按呢對伊講。

後來聽講仝梯簽落去的有人後悔矣。

毋過，無簽的，像家己，到今嘛猶咧四界碰壁。有影世間事無啥物是百分之百著抑毋著的。

三工前接著彼通面試的電話時，伊感覺家己袂輸佇沐沐泅的大海揤著一塊柴箍。電話中彼个經理的聲音誠親切，閣參伊講真久，看起來這擺誠有希望。

笑容佇伊的喙角沓沓仔湠開，湠到目睭尾，湠甲規个面，閣湠入去心肝底；伊感覺規條路的青紅燈攏親像咧對伊躡目睭、對伊笑。

停等紅燈的時陣，正手爿彼間彩券行拄好放送出翁立友的歌聲：堅定的心伴阮向前行，請你會記著阮的名，有人出世著好命，阮是用命咧拍拚……

伊聽甲戇神去，一種講袂出的、溫暖的力量貼佇幽幽仔酸疼的心肝，伊感覺規个人予這條歌深深感動矣。

出了市區，伊車速愈騎愈緊，等目尾影著倒手爿後壁彼台青色的卡車雄雄拚過來的時已經袂赴閃矣，「碰」一聲規个人飛起來，半空中四箍輾轉的景緻變成一大片烏白，伊聽著鑿耳的踏檔仔聲佮身軀後別人驚惶的叫聲……。

•

接著派出所敲來的電話時，桂竹嫂仔的心臟險險仔定去，規身軀的血袂輸佇彼一目矚堅凍。

講是時安出車禍。桂竹嫂仔一粒心肝像拚鼓，規个人吣吣掣，掣甲電話強欲擛袂牢。

趕到車禍現場時，看著時安彼台機車拚甲糜糜卯卯、歪膏揤斜倒佇塗跤像一堆歹銅舊錫，桂竹嫂仔喝一聲阿娘喂喔，兩肢跤頭趺強欲牚袂牢瘦閣薄板的身軀。伊手貼胸坎喘幾若个大氣，喙裡一直唸觀世音菩薩，將驚甲強欲離散了了的三魂七魄硬摸轉來。一台青色卡車停佇遐，正手爿車頭捺一凹，車燈碎去，邊仔徛一个四十歲跤兜的查埔人，目墘烏綠烏綠像睏無飽，面色看起來誠緊張，白色吊神仔的胸前佮尻脊後一大片反黃的汗跡。一个掛目鏡的少年警察咧共伊問話做筆錄，另外一个漢草誠好面色嚴肅看起來較資深的警察咧講無線電。

講是疲勞駕駛兼超車，一無張持就共頭前騎機車的時安拚飛出去矣。

「阿阮時安人咧？」桂竹嫂仔心狂火熱大伐步從過去：「人有按怎無？敢是送去病院矣？送去佗一間？」

「人……猶未揣著，妳是林時安的媽媽？」做筆錄的警察越頭過來，烏框目鏡後的目睭仁有一種柔軟的眼神。

「猶未揣著……」桂竹嫂仔心頭亂糟糟，一時聽無意思，戇神戇神喙裡綴唸一擺，等雄雄意識過來，規个人才趒起來。

「嗄？猶未揣著？猶未揣著是啥物意思？你是講阮時安……人無去矣？」

看起來大時安無幾歲的少年警察用手裡的筆托一下目鏡，頷頭，大細粒汗對伊的鬢邊流落來。

有影是誠離奇的車禍，除了落佇現場的一跤鞋仔，人全然無看影跡。疑問佇少年警察的心內紡踅，無講出喙。

彼跤烏色白色透濫的球鞋桂竹嫂仔一看就認出來矣，彼是時安讀大學彼年買的。穿遐濟冬雖然已經誠舊，伊猶是毋甘換掉。

「猶誠好穿咧！」有幾若擺伊那縛鞋帶仔那擛頭笑笑對桂竹嫂仔按呢講。

桂竹嫂仔心內有數。家己的後生心內咧想啥家己敢毋知？若毋是想欲加省寡錢……。

「拚甲按呢……，嘖，這聲穩死的！」

「嗯，我看……這無死嘛半條命……」

圍佇邊仔看鬧熱的人無要無緊的話語聲聲句句鑿入桂竹嫂仔的心肝。伊想欲開喙罵人，卻是一絲仔氣力都無，干那心狂火熱想欲知影伊的時安這馬到底佇佗位？

「運將講雄雄拚著的時陣若像有看著伊規个人飛起來，毋過……運將家己驚一咧半小死，紲落去的代誌就攏袂記得矣……。阿姆妳莫著急，阮猶咧揣，橋跤嘛已經派人落去巡矣。」掛烏框目鏡的警察講。

「橋跤？」桂竹嫂仔目睭順少年警察的指頭仔看過去，心肝頭重重拍摔一下：「下面全全大細粒石頭，對遮懸的所在摔落去，敢毋是穩無命的？」

伊想著拄才看鬧熱彼兩个人的對話。

啊！敢毋是咧？「穩死的」、「無死嘛半條命」，人按呢講有啥物毋著？桂竹嫂仔規身軀起一陣交懍恂，翕熱的八月天，伊煞冷甲頂下排喙齒硞硞叫，對心肝底鑽出來彼種冷。

揣規晡久，猶原無看時安的影跡。

橋頂看鬧熱的人又閣開始嗤舞嗤呲：

「敢會去予溪中央的水流去矣？」

「哪有可能噴遐遠去？」

「若無哪會揣遐久揣無人？」

「…………」

共桂竹嫂仔做好筆錄，確認機車的車主佮實際使用者攏是林時安本人了後，處理現場的警察先轉去所裡矣。桂竹嫂仔雙手合掌，恬恬無聲看天、看地、看向遠遠的所在，心內猶抱一絲仔希望，祈求天公伯仔保庇伊的後生平安無代誌。

看鬧熱的人慢慢仔散去，孤單的網密𠕇𠕇將桂竹嫂仔罩牢，伊感覺茫茫渺渺無依無倚。

佇這个時陣，一个生份的聲音對尻脊後傳過來：

「這位奧桑，事故的少年兄是恁後生？」

桂竹嫂仔越頭，是一个五六十歲跤兜，生做福相福相、抹淡薄仔水粉，點淡薄仔胭脂，hiù 淡薄仔芳水，喙角含笑的婦人人。

芳水味幽幽鑢入桂竹嫂仔的鼻空，伊的心神略略仔迷亂去。啊！這个芳水味誠芳。伊袂記得家己 hiù 芳水是偌久以前的代誌矣，查某囡仔時代？談戀愛彼當時。

「我叫阿粉仔，躡頭前斡角仔，邊仔一欉苦楝仔樹彼間。」婦人人指頭仔指向無偌遠彼間三樓透天，生份的面容佇桂竹嫂仔目睭前幌。

「拄才經過看遮圍一堆人，想講穩當閣出代誌矣。唉，講起來……這个所在實在誠陰，不時咧出車禍。」伊重重吐一个大氣：「毋過奧桑妳免著急，人講生死有命富貴在天……」

一聽著這个所在誠陰，桂竹嫂仔又閣拍一个交懍恂，這時陣才發覺規身軀毋知當時已經流汗流甲澹漉漉矣。仝時陣嚨喉焦硞硞親像火咧燒，伊感覺一陣烏暗眩，雙跤無力袂輸強欲昏昏去。

「妳是按怎？人無爽快？」阿粉仔予桂竹嫂仔規身軀敧過的重量驚一趒，出力共扶咧。

「我看……敢欲先來我遐歇睏一下，等妳感覺較快活淡薄仔才轉去，按呢敢好？」

桂竹嫂仔想欲哮，哮袂出聲，規身軀拚清汗，只好虛弱頕頭。

一踏入阿粉仔的客廳，桂竹嫂仔就予酒櫥頂懸一張框起來的相片吸引。彼是一个二十幾歲的少年家，鼻目喙生做誠清秀，毋過目頭結結，親像有重重心事仝款。

阿粉仔提面巾予桂竹嫂仔拭汗，倒涼茶，紲落關窗仔開冷氣，秋凊的感覺佇客廳沓沓仔湠開。

桂竹嫂仔坐佇彼組三人座的籐椅，目睭猶是停佇彼張相片頂懸。

敢若佮時安差不多年紀？

桂竹嫂仔心肝頭像一毬膨紗佇遐輾來輾去，愈輾愈亂愈歹收拾。

阿粉仔無閒煞，行過來邊仔彼條單人的籐椅坐落來。

「人有較爽快無？」

「好誠濟矣，多謝。」

看桂竹嫂仔的目睭一直掠彼張相片看，阿粉仔幽幽仔講：彼个阮後生啦！

「喔，恁後生……」桂竹嫂仔拄欲講「生做誠緣投」，耳空邊聽著阿粉仔紲落講「已經過身矣」，猶未出喙的話趕緊吞倒轉去，雄雄煞予家己的喙瀾嗾（tsa̍k）著，面脹紅驚天動地嗽起來。

「猶遮少年……」桂竹嫂仔那嗽那想，啊！猶遮少年。

阮時安仔嘛猶誠少年。

伊想起時安的老爸。彼个人定著眠夢都想袂到伊的後生這馬車禍失蹤無定已經過身矣。

總是，天大地大的代誌，都攏無可能去揣時安𪜶老爸矣，彼个跋輸筊就轉來厝裡頓椅頓桌、拍某拍囝，拍甲伊心碎離開的查埔人。

人講「無米拍鼎，無錢拍囝」，講的就是像時安𪜶老爸這款人。

彼年，讀高二的時安為著保護伊，用家己的身軀去擋𪜶老爸的拳頭母，桂竹嫂仔按怎嘛想袂到，𪜶老爸會一條椅仔夯咧就對時安擲過來。看著時安袂赴閃，一支目鏡即時變形飛出去，血對頭殼額仔、鼻空、耳空流落來，伊知影這世人佮這个查埔人的情份到遮已經盡矣。

想著這段往事，想著失蹤生死不明的時安，桂竹嫂仔忍規晡久的情緒規个爆發，雙手掩面大聲哭出來。

「阮後生自殺彼時陣我哭甲比妳較悽慘，日也哭暝也哭，對天光哭到暗暝，感覺這世人的人生全烏有去矣。彼種疼，家己上知影。是講，哭有啥路用？無路用啦！就算哭甲兩蕊目睭攏青盲，死去的人嘛無可能閣活轉來。」

自殺？目屎流規面的桂竹嫂仔著驚擧頭看面頭前這个講著家己後生的死冷靜甲無啥正常的查某人。

當青春的少年家，是按怎欲按呢結束家己的性命？

「愛著較慘死啦！世間的查某囡仔遐濟伊無愛，偏偏去愛著一个佮伊仝款的查埔人。伊的老爸罵伊卸世卸眾，叫伊規氣去死死佇外口莫閣轉來較袂卸面底皮……」講到遮，伊的話斷去，誠久無閣講半句話。桂竹嫂仔感覺一種講袂出的冷。

過無偌久，阿粉仔用重重的鼻音閣開喙矣：「我這个戇囝，誠實順伀老爸的意，死佇外口無閣轉來。啊！一句氣話爾爾，按怎遮頂真？」

桂竹嫂仔的心抽疼起來。時安袂按呢，阮時安仔甘願用家己的生命來保護伊的阿母。毋過，這个囡仔現此時到底佇佗位？敢會閣轉來？

桂竹嫂仔坐袂牢矣，伊徛起來，拍算欲轉去車禍現場。

「平平做人老母，我知影妳的心情。毋過現場會當揣的，警察攏揣過矣，妳就算去遐徛到天暗徛到半暝嘛仝款無彩工。妳若願意，我𤆬妳來去揣一个師姑問伊後生的吉凶。我當初痛苦甲活袂落去的時陣是師姑幫助我行出來的。罔問看覓無定著會有線索。妳若無意願欲去，按呢就轉去厝裡等消息，揣著人警察自然會通知。」

著急透濫著悲傷佮思念，佇桂竹嫂仔心內絞無時停，伊決定綴阿粉仔去一逝師姑遐。

量約駛車二十分鐘久，阿粉仔佇一間二樓懸、厝頭前一排桂花隔開內外的所在停落來。

行過大門彼排桂花欉，空氣中浮動著淡薄仔桂花芳，無偌大的埕裡园一个薰甲烏趖趖的金爐，金爐頭前彼片小門邊插幾支令旗。

停佇開一縫仔的古銅色小門頭前，阿粉仔頭攲攲向門縫輕輕叫兩聲「師姑……師姑……」

過一觸久仔，內面傳來低低一聲：入來。阿粉仔輕輕捒開小門，越頭向桂竹嫂仔頷一下頭，桂竹嫂仔趕緊綴伊行入去。

拄入門，一陣沉香的味幽幽鑽入鼻空，面前倚壁的神桌頂囊幾若尊神明，神明頭前亦就是神桌中央囥一个香爐，長長短短差不多插有半爐香；較特別的是神桌跤安奉一尊虎爺。桂竹嫂仔看著虎爺雄雄掣一趒，感覺虎爺兩蕊目睭袂輸掠伊金金相。

桂竹嫂仔心肝嗶卜跳，毋知應該趕緊離開遮抑是留落來？一方面想欲問時安的下落，一方面又閣驚萬一師姑講出來的是予人心碎的答案……。

當躊躇，師姑已經掀開布簾仔行出來。

阿粉仔趕緊行倚，雙手合掌。

「誠歹勢佇這个時間攪擾師姑，實在是因為這位太太有急事欲來向師姑請示。」

師姑差不多六十外歲跤兜，一軀白袍穿佇矮頓的身上，殕色的頭毛捲做一粒包頭梳佇後頭擴，頂懸插一支翠玉簪。

桂竹嫂仔坐佇師姑面頭前，兩蕊目睭一直看伊目眉中央彼粒大紅痣，看甲戇神去。

「師姑咧等，妳毋著緊講。」阿粉仔開喙提醒。

桂竹嫂仔回神轉來，腰坐直，開始講矣。

伊對時安過晝出門去面試講到頭路歹揣講到時安他老爸無親像人閣講到時安誠友孝……。

「唉唷……」阿粉仔聽袂落去，拄欲插喙，師姑講話矣：

「講重點就好！」

桂竹嫂仔目箍紅起來：

「無代無誌……出這个車禍，一台車摒甲糜糜卯卯，到今……，到今猶……揣無人……」

師姑恬恬聽伊講煞，徛起來點三欉香佇桂竹嫂仔身軀頭前後壁隔空那畫喙裡那唸。畫煞，將香插入香爐。

過了三分鐘，師姑開始跋桮。

桂竹嫂仔緊張甲毋敢大力喘氣，恐驚一喘氣會予跋桮失準去。

阿粉仔也看甲恬寂寂無出聲。

連紲六擺，跋無桮。

師姑吐一个大氣，抾起彼兩个小小的桮捧佇掌心行到神明前合掌細聲唸。

閣跋，連紲三个聖桮！

「有桮矣，有桮矣！」阿粉仔歡喜叫出聲。

師姑無講話，將兩个桮排齊囥佇神明桌，行轉來坐落桌前。

桂竹嫂仔吞幾下喙瀾，短短一句「師姑問了按怎」佇伊的嚨喉空輾來輾去，就是輾袂出喙。

「代誌不妙！」過誠久，師姑開喙矣。

桂竹嫂仔頭殼心一陣痲，像予雷損著，伊感覺規个人袂輸漸漸沉入水底。

「劫數難逃。唉！劫數難逃啊！」師姑加強的口氣親像閻羅王直接宣判時安的死刑。

「連紲三个聖桮，清清楚楚顯示恁後生這關……脫袂過！」

時間佇這个時陣堅凍，干那沉香的味佇空氣中流轉。

桂竹嫂仔眼神茫渺，面色由青轉白閣轉紅。

「袂！無可能！」桂竹嫂仔無張持大喝一聲徛起來，身軀像一粒山矗佇師姑的面前。悲傷轉受氣的情緒佇腹內點著起來。伊無法度接受，這毋是伊欲等的答案。

阿粉仔行過來輕輕搭桂竹嫂仔的肩胛頭：「較堅強咧。唉，早就講彼个所在誠陰，每一冬攏會出幾若擺車禍。」

桂竹嫂仔掰開阿粉仔的手，大伐步欲行出廳外。拄迒出一步，時安的笑容出現佇伊的目睭前。桂竹嫂仔身軀一軟，跪落塗跤，腹內彼葩火像予水潑化去。

「敢有……敢有法度化解？」桂竹嫂仔翻頭求師姑。只要時安會當平安無事，毋管付出偌大的代價伊攏甘願。

師姑搖頭：「閻王註定三更死，絕不留人過五更。」

「師姑拜託咧！用妳的神通，就算愛用我的命來交換我都願意。」桂竹嫂仔覆（phak）佇塗跤大聲哮出來。

「毋通按呢啦！」阿粉仔一面跔落去扶伊，一面越頭問師姑：「敢真正無法度？拜託師姑鬥相共一下啦！」

「神仙難救無命客！三魂七魄散了了，看起來這馬人應該是佇黃泉路上矣，這硬欲救實在比登天閣較難啊！」

「…………」

「唉！好啦好啦！佮伊拚看覓！妳愛知影，佮閻羅王搶人是愛冒誠大風險的，創無好勢我連命都攏愛賠伊。」

師姑畫三張符令交代桂竹嫂仔貼佇時安的眠床頭，明仔載透早五點準時來到遮，到時會特別為時安辦一場祈壽法會。

「袂使遲到，若無，時辰一錯過就無效矣。」欲走進前師姑嚴肅交代。

半路上桂竹嫂仔面仔憂憂問：「按呢我愛開偌濟錢？」

「便看！若救有轉來差不多幾萬箍就會使；萬不幸若救無轉來，意思意思添幾千箍油香就好。一條命若會當用幾萬箍換，會合啦，無過份。當初阮囝若有法度救，較濟錢我嘛願意開。唉！閣講這攏無路用矣啦！」

桂竹嫂仔轉去到厝天已經暗，未入門拄著厝邊相借問，心一酸目屎隨輾落來。

無偌久厝邊隔壁攏知影伊的後生時安出車禍失蹤矣。

安慰的、好玄的，攏擠入去伊的客廳，桂竹嫂仔的厝毋捌遮鬧熱過。

代起先遮的好厝邊猶安慰桂竹嫂仔「天公疼好人」、「孝子感動天」，一聽著機車拵甲糜糜卯卯，閣連紲三个聖桮顯示時安已經往生，逐家攏恬靜落來。悲傷的氣氛真緊佇客廳湠開，有人幌頭吐大氣，有人安慰桂竹嫂仔看較開咧生死天註定，嘛有人建議揣師公去現場招魂……。

桂竹嫂仔想起師姑彼句「閻王註定三更死，絕不留人過五更」心肝絞痛起來，趕緊提彼三張符令行入時安房間。

暗暗的房間，日光燈拍開彼一目躡，桂竹嫂仔拄好看著時安佇伊的眠床慢慢坐起來。

桂竹嫂仔著驚慘叫一聲「阿娘喂呀」手裡三張符令全掖去半空中。

聽著桂竹嫂仔的叫聲，客廳的厝邊有人傱入去，一看著坐佇眠床頂的時安，仝款喝一聲「阿娘喂呀」閣翻頭傱出房間。

桂竹嫂仔目睭瞌瞌一面唸阿彌陀佛，一面流落絕望悲傷的目屎。

莫怪三魂七魄無佇現場，原來魂魄已經轉來到厝裡矣。

若按呢……明仔載的法會？桂竹嫂仔心碎喝一聲「袂赴矣！」開始放聲哭。

「阿母，妳是按怎？」

思思念念的聲音予桂竹嫂仔身軀一震。伊擘開目睭，目屎含佇目墘，掠面前的人金金相。

「你……你哪會佇厝？莫嚇驚阿母！今(tann)……你是人抑靈？是死抑是活？」

●

車後斗載半車泡棉的小貨車對台南駛到彰化一間膨椅工場欲卸貨的時，貨車司機阿傑差一屑仔就予倒佇泡棉頂懸這个少年人驚死。

「喂！少年家！」伊共叫，叫袂醒，伸手共搖，袂振袂動。

「夭壽矣咧，無代無誌哪會有人昏死佇我的車頂？」

「喂！喂！少年家。」伊閣共搖，按算若叫袂醒就欲報警矣。

「有夠衰！人是對天頂落落來的是無？這逝回頭車，卸貨了閣愛駛轉去台南，若去警局作筆錄這聲毋知會延遲偌濟時間……」阿傑頭殼揗咧燒，目尾影著少年的跤手小可振動，趕緊閣共搖。

「欸，欸，少年的……，你哪會佇我的車頂？」

時安擘開目睭，感覺規身軀的骨頭痠疼甲袂輸散了了。

「遮是佗位？你是啥人？」

「我才欲問你是啥人咧！遮彰化啦！」

時安干那會記得機車雄雄予車拼一下人飛懸起來，其他都攏毋知矣。

「聽起來你是噴入來我的車頂？按呢你命實在有夠大！阿毋著佳哉我車頂載的是泡棉？這世人……生目睭毋捌看有人遮好運！按呢啦，你先落去邊仔等一下，等我卸貨了才順紲載你轉去。」

汗對阿傑的頭殼額仔佮肩胛頭津落，三十外歲勇壯的體格扭掠的跤手，看佇時安目睭內有一種無向命運向頭的屈勢。伊忍著規身軀痛慢慢仔落車，倚佇倉庫前的一堵厚壁勻勻仔坐落來。

•

短短半日經歷後生時安的生死，桂竹嫂仔感覺家己嘛親像死去閣活轉來仝款。

離奇的車禍，悲喜的情節，袂輸咧搬一齣電影。毋過，電影散場矣，承(sin)著戲尾的厝邊隔壁煞猶毋願散，小小客廳予一人一句話窒甲滇滇滇。

「有影是天公伯仔有保庇！」

「我看時安仔上好去照一下電光看有傷著骨頭無？」

「母仔囝攏愛去收驚啦！做齒模隔壁彼間平厝仔的阿雀姨收驚的功夫足好，阮孫逐擺若著青驚……」

「是講……也袂曉敲一通電話轉來，害恁阿母掠準你無命矣，目屎凡勢流甲規醃缸……」蹛對面七十外歲的滿金姆仔看向時安。

「有啊，我有敲，毋過阮阿母無佇咧，電話喨規晡久無人接。轉來到厝我忝甲半小死，規身軀痠疼無力，一倒佇眠床頂就睏甲毋知人……」

電話嘵規晡久無人接彼時陣，敢是家己佇外面哭斷腸的時？桂竹嫂仔想起阿粉仔、阿粉仔的後生、師姑佮神桌跤彼尊虎爺，感覺家己袂輸做一个長長的夢，夢中，不時有一个聲音像摃鐘，沉沉摃佇伊的心上，摃一擺響一聲：「劫數難逃」。

想到遮，桂竹嫂仔雄雄驚惶起來，毋知到底佗一个才是夢。

抑是……目睭前這幕才是家己永遠無想欲醒來的夢？

桂竹嫂仔一時失神去，分袂清身軀邊遮的熟似的人影佮笑聲，到底是真抑是假？

一直到時安共伊的肩胛幔咧，手的溫度迵過衫，迵過身軀，熨過伊驚惶的心，伊茫渺的心神才總算安定落來。

「歹勢阿母，害妳著驚煩惱矣！」

桂竹嫂仔越頭，共伊的後生斟酌看了一擺閣一擺，失去閣得著的歡喜予伊心內充滿感恩，比起永遠失去後生的阿粉仔，家己算加誠好運矣。

夜已經深，厝邊隔壁逐家隨人轉去怹的厝內矣。

桂竹嫂仔點三欉香予時安佮家己，佛桌前謝天謝地謝泡棉阿傑閣謝師姑料事無如神。

「劫數難逃」予伊心碎這四字，像心肝頭的一个堅疕仔，隨著飄散佇空氣中的香，無聲無說落落來矣。

二〇一八年十月　《台文戰線》第五十二期

第二屆台文戰線文學獎短篇小說頭等

來好阿媽欲轉去

來好阿媽坐佇門跤口彼條低籐椅仔頂，目睭微微看遠遠。

日頭得欲落山，天邊的雲彩紅絳絳，浞甲規个天頂強欲燒起來。

低籐椅的籐仔斷了兩三條，椅跤一跤懸一跤低，這予尻川頭袂小的來好阿媽坐起來實在無偌四序。總是，坐久嘛已經慣勢這款小可頓來頓去的感覺。有一擺椅跤佮無偌平的紅毛塗跤拄好配甲合軀合軀，穩觸觸袂振袂動，來好阿媽煞顛倒感覺真礙虐，一个尻川徙過來徙過去，就是無法度坐甲真自在，落尾也是共椅仔小可徙一下，恢復一跤懸一跤低，伊一粒心肝才總算定著落來。

塗跤一隻貓咪恬恬覆 (phak) 佇來好阿媽的椅跤邊，三不五時褫開目睭伸勻一下；黃昏的軟日將怹兩个的影摸長長，印踮這間低厝仔的牆仔面。

一直到天邊彼粒紅卵仁對目睭前落落去，來好阿媽才親像元神倒轉來仝款，勻勻仔動一下身軀，肩胛頭敧敧伸手去挲阿咪仔的尻脊骿。

二冬前佇門口埕頭前彼抱竹仔欉跤看著這隻貓咪仔的時陣，伊毋知枵偌久矣，餓甲箅仔骨看現現，共飼一擺了後煞逐工來。寂寞的老人，孤單的貓，拄好互相有一个伴。

來好阿媽擛頭將四箍輾轉看一个斟酌，心內幽幽仔浮起一種講袂出喙的稀微。明仔載就欲離開這間蹛欲規世人的老厝矣。來好阿媽吐一个大氣：若毋是彼日烏暗眩跋一倒……

彼工暗頭仔，來好阿媽捀一碗虱目魚凊飯欲呼阿咪仔來食，拄远出戶模，雄雄一陣烏暗眩，身軀一軟，規个人就覆佇門跤口，仙跁都跁袂起來。

「阿敏哪、阿雄啊……阿輝、阿郎喔！」

像點名仝款，來好阿媽覆佇塗跤將後生查某囝的名一个一个叫過。四箍籬仔恬靜恬靜，干那阿咪仔行倚來伊的身軀邊貓貓叫的聲音。空氣中鹹鹹氣絲仔的海風輕輕迴過伊白甲會反金的頭毛。來好阿媽佮阿咪仔四蕊目睭相對相，一時感覺世間所有的人袂輸攏消失去仝款，現此時天地只賰伊佮阿咪仔兩个。

彼擺了後，三个後生參詳輪流羔老母去做伙蹛。

「毋免，我家己一个人蹛較自在。」來好阿媽無想欲離開老厝。

「阿母若閣跋倒，萬不幸去摔斷跤手，阮做序細是加麻煩的……。」

短短兩三句話，重重㨂佇心肝頭，來好阿媽無閣再堅持。

手蹄仔下底阿咪仔的身軀燒烙燒烙，來好阿媽𫝛咧𫝛咧，不知不覺𫝛出滿腹的心事來。

食甲八十歲，有影是老矣。一个人的日子，孤單透濫寂寞已經成做生活的一部分。十二冬前信舟猶在世的時，兩个老翁公婆仔雖然無偌濟話講，冤家量債嘛往往會，總是身軀邊有一个人做伴，就算信舟不時庄頭庄尾四界蹓蹓去，常在無佇目睭前，心內嘛知影伊走袂遠，天暗就像鳥仔飛轉來岫裡歇睏。今這馬去蘇州賣鴨卵，確確實實是走甲遠遠遠，永遠袂閣倒轉來矣。

天色規个暗落來，來好阿媽徛起來寬寬仔行入厝內，將眠床邊欲紮去大漢後生勝雄遐的物件一項一項分頭巡過。

透早，雞猶未啼，來好阿媽就起床洗面換衫，佇廳裡、灶跤佮房間踅來踅去等天光。

趡規晡久天猶未光，規氣行出厝外，頭前後壁巡巡看看，牆仔邊彼簇欲暗仔就開甲紅葩葩的煮飯花、後尾門彼欉予風颱偃無倒的斑芝樹、廳門口彼幅退色的對聯……。熟似的影像像無聲的電影佇來好阿媽目睭前一幕一幕搬演過。來好阿媽心頭悶悶糟糟，一時煞顛倒希望上好攏莫天光。

●

蹛佇勝雄十二樓懸的徛家，來好阿媽感覺袂輸吊佇半空中。

欲入來這間半空中的厝愛先通過一樓彼片厚咄咄的自動門，紲落經過守衛室，倒手爿彎一个斡，坐電梯，上尾才拍開三道鎖的客廳大門。

「袂輸關公過五關咧，費氣觸觸。」來好阿媽猶是慣勢七股彼間開門就看著天佮地，出門毋免煩惱揣無路轉來的老厝。

勝雄厝內飼一隻博美狗「妞妞」。拄來彼工，來好阿媽綴佇勝雄翁某尻川後踏入門，一隻茶米色的細隻狗仔雄雄從過來對伊大聲吠，來好阿媽掣一趒，佇勝雄喝「妞妞，不可以！」的同時，手裡的包袱仔已經出力向妞妞擲過去矣。妞妞叫一聲倒退幾若步，仝彼个時陣春美也哀一聲從過去共妞妞抱起來。

「這是阿媽，不可以對阿媽叫。」勝雄用北京語對妞妞講。

「阿母，妞妞袂咬人，毋通提物件共擲，按呢妞妞會著青驚抑是受傷……」春美雙手共妞妞攬佇胸前，擛頭對來好阿媽講。

「阿彌陀佛，我會予這隻狗仔驚死。」來好阿媽手貼胸坎，一粒心肝嗶卜跳：「誰講伊袂咬人？妳無看伊雄介介那吠那衝過來？我若無趕緊共包袱仔擲過去，定著就予咬落矣！」

勝雄翁某無囡仔，疼妞妞疼甲若命，偏偏妞妞袂認人，三不五時就對來好阿媽吠幾聲，來好阿媽逐擺聽伊咧吠就強欲腦神經衰弱。有時妞妞行倚來兩蕊目睭大大蕊掠伊金金相，來好阿媽一粒心肝就嗶卜采。

「無代無誌是按怎定定共我睨？」來好阿媽面膨膨目睭激大蕊也共妞妞睨倒轉去。

「無啦！阿母，妞妞哪有共妳睨？伊是想欲親近妳啦！」春美緊替妞妞講話。

「親近我？莫較好喔！兩蕊目睭展甲遐大蕊，莫咬我就阿彌陀佛囉！」來好阿媽感覺妞妞佮伊前世人定著有結冤仇。

「媽老是抱怨妞妞張大眼在瞪她……，你說說看嘛！狗眼睛不是本來就這麼大嗎？」春美私底下毋只一擺按呢投予勝雄聽。

勝雄翁某逐工出門上班進前，春美一定再三交代：有人敲電話來莫接，無的確是詐騙集團；有人揤電鈴莫開門，定著是生份人。

「阿……萬一若是妳和勝雄敲來的欲按怎，敢也是仝款莫接？」來好阿媽問。

「嗯……若是阮敲轉來的……會先嘵三聲，掛斷閣重敲。」

「按呢我知矣，我會曉。」

「阿母若感覺無聊就開電視看，遙控器是這支烏色的佮彼支銀色的……」

「免！免！我家己一个人袂興看電視，妳欲上班緊做妳去。」

春美一出門，客廳的鐵門「喀」一聲關起來，規个世界隨恬靜落來。

一日長躼躼，來好阿媽佇厝內毋知創啥好，不時徛佇窗仔前看對面彼棟閣較懸的大樓，算彼攏總起幾層。

一二三四五六……，毋著，重來；一二三四五六七八九……，嘖！亂去矣，閣一擺，一二三四五六七……。

算來算去，來好阿媽猶是算袂出對面彼棟強欲拄著天的大樓到底攏總起幾層？

「這馬的樓仔是按怎攏起遐懸？拄著地動敢會赴走落去到樓跤？」

算大樓算僐矣，來好阿媽感覺跤痠，坐落來膨椅盹龜一觸久仔，拄落眠就聽著空襲警報喔喔哮，驚醒跁起跤欲走，一時煞袂記得家己現此時佇佗位，聽著妞妞咧吠才真正精神過來，空襲警報佇這个時陣煞變做電話聲。

來好阿媽伸手接起來「喂」一聲，雄雄想著新婦的交代，趕緊共掛斷。無幾秒鐘電話閣喨矣，來好阿媽毋敢接，佇電話前行來行去踅踅唸：「恁遮的詐騙集團實在有夠可惡，好跤好手，欲食毋討趁……。哼！掠準我遮爾戇？我才袂予恁騙去！」

有時來好阿媽會佇窗仔前算外面大路駛過的汽車。對遮爾懸的所在看落去，逐台車攏變做誠細台，若親像囡仔物。

一台二台三台四台……，算車比算大樓閣較偲，一台接一台真緊就駛過，來好阿媽看甲目睭強欲花去。算無偌久規氣換別種算法，有時算白色的，有時烏色的，有時紅色有時銀色。

「今仔日有一百五十三台白色的車駛過。」

「今仔日有二百控八台銀色的車駛過。」

食暗頓的時陣來好阿媽不時會提出伊的統計數字。當然這無包括伊去便所佮盹龜佮戇神以及其他種種原因所漏算的，勝雄翁某也毋捌對這認真看待過。

算車也漸漸算厭倦了後，來好阿媽感覺時間愈過愈慢，慢甲不時會懷疑時鐘到底敢猶有咧行。

一日，來好阿媽睏晝醒來，看天色誠烏陰像欲落雨，趕緊欲去門口埕收衫，行到客廳才雄雄想著現此時人佇台中後生遮。跤步拄停，一陣講袂出喙的稀微對心肝窟仔幽幽溢出來，厝內恬寂寂，干那壁面時鐘滴滴答答大步行的聲音。斟酌一聽，客廳大門外口親像有人嘻嘻嘩嘩，空氣中流動著一種鬧熱的氣氛。來好阿媽忍袂牢開門探看，對面彼戶的門開開，門口徛幾个二十幾歲仔穿西裝褲、白 siat tsuh 佮監裙套裝的查埔查某囡仔滿面笑容咧講話。一个掛烏框目鏡生做誠斯文款的少年仔越頭對來好阿媽頕頭拍招呼。

「恁攏蹛佇遮乎？」來好阿媽問。講起來嘛真譀古，蹛佇遮誠濟工矣，猶毋捌看過對面的厝邊。掛目鏡的少年仔愣兩三秒鐘，才手指徛佇門邊彼个短頭毛、年紀較大的查某人，用無輪轉的台語摻北京語講：「喔……毋是毋是，**我們是來找同事王大姊的**。」

彼个看起來不止仔 khiàng 跤的王大姊目睭看過來，笑笑問來好阿媽：「阿媽是來後生抑是查某囝遮𨑨迌？」

「是後生啦！講袂放心我家己一个人，叫我一定愛佮怹兄弟仔輪流蹛……」

難得有講話的對象，來好阿媽規腹肚話像關袂絚的水道水一直流出來。

「後生友孝啦，阿媽足好命喔！」邊仔彼幾隻青春活潑的厝角鳥仔你一句我一句，氣氛又閣鬧熱起來。

「友孝是有影……，毋過，恁攏毋知唷！蹛這款厝艱苦啦，袂輸關佇鳥籠仔內底……」話猶未煞，彼个王大姊講有代誌無閒，先入去矣，來好阿媽規氣共其他彼幾个人招入來客廳坐，講話講予伊夠氣。

暗頭仔春美下班，拄踏入門就看著客廳桌頂囥一堆健康食品，行倚一看，有靈芝、酵素、冬蟲夏草菌絲體、深海鮫魚油……。

「阿母，哪有遮的物件？」春美心內僥疑。

「阿都……彼幾个少年仔講這咧食健康的，怹誠濟親情朋友攏有食，身體偌爾仔勇咧！」

「佗位的少年仔？妳予生份人入來？」

「欸……應該無算生份人咧，您講是王大姊的同事，逐家開講話仙遐爾久，誠心適……」

「無熟無似毋捌見過面，按呢哪會無算生份人？阿——母——啊！我佮勝雄毋是再三交代妳袂使予外人入來？」

來好阿媽看新婦越跤頓蹄，面頂罩大片烏雲，一時像做毋著代誌的囡仔，頭殼犁犁無閣出聲。

春美看佇目睭內，心肝略略仔落軟，吐一个大氣想欲將火氣揢落去，越頭雄雄想著入門到今無看妞妞搖尾仔過來迎接。

「咦？妞妞咧？」

「啊！今害啦，煞袂記得。」來好阿媽出力拍一下頭殼，罵一句無頭神，雄雄狂狂走去拍開灶跤後壁陽台的門。

「啥？阿母……妳共妞妞關佇後面的陽台？」春美喙仔開開，目睭展甲大大蕊，猶未化去的火佇腹肚內轟一聲又閣點著，聲音無法度控制衝懸起來。

「阿都……妞妞一直共人客吠，足吵的，我想講暫時……暫時……」

春美從過去共細聲哼袂停的妞妞抱起來攬佇胸前，妞妞每一个叫聲聽佇伊的耳空內攏親像是對目睭前這个老人的控訴。春美心肝疼搐搐，目箍紅紅擛頭對伊的大家講：「阿母妳哪會遮爾酷刑？」

酷刑？來好阿媽袂輸予雷摃著，著急欲講話，嚨喉空卻像予雞卵窒牢咧講袂出半句；厝內的空氣漸漸堅凍，妞妞咧哼的聲音若魔音傳腦一陣一陣鑽入來好阿媽的頭殼心。

短短幾秒鐘親像一世紀。聽著客廳彼爿開門的聲音，來好阿媽知影後生轉來矣，繃絚絚的神經線規个放冗落來。

勝雄一入門行過來就鼻著氣氛無仝，老母佮牽手的面色看起來攏毋著。

「發生啥物代誌？」

「阿都……彼勒……」

來好阿媽拄開喙，春美共妞妞抱咧，無講半句話就行對房間入去。

勝雄逐兩步，停落來看一下老母，猶未等老母開喙，講一句「阿母小等一下」又閣逐入去。

來好阿媽愣愣徛佇後壁陽台的門邊，心內滾絞著講袂出喙的委屈佮怨慼。

「按怎講我酷刑？我來好仔做人上存天良，這世人毋捌做過歹心毒行的代誌，按怎我的新婦講我酷刑？舉頭三尺有神明，天公伯仔你嘛應該看真清楚，我來好仔毋捌害過人……」來好阿媽愈唸心愈酸，無張持目箍已經紅起來。

幾絲仔風對紗門吹入來，白露拄過，微涼心爽的秋風煞予來好阿媽起一陣交懍恂。

半暝，來好阿媽翻來翻去睏袂落眠，窗外月娘光光，卻是照袂入窗內眠床。來好阿媽想家己踮佇遮袂輸咧坐監，心內更加數念厝前厝後會當四界蹓蹓走的大細條巷路，佮門口埕看出去逐工無仝款的天邊景色。

更愈深，夜愈靜，來好阿媽佇思鄉的情緒中沓沓仔入眠。無地敨的心事化做一尾一尾滑溜的魚仔泅入去伊的夢裡。夢中，來好阿媽轉去彼間蹛了幾若十冬的老厝，阿咪仔猶原陪佇伊的身軀邊……。

醒來，無仝款的房間，無仝款的眠床，生份的所在；來好阿媽緊閣共目睭瞌起來，保持原來的姿勢想欲倒轉去夢中。等規晡久，夢的門已經關起來無法度入去矣。來好阿媽毋死心，兩蕊目睭愈瞌愈絚，愈瞌愈絚，絚甲袂堪得矣，兩滴目屎大大粒輾落枕頭。

•

來好阿媽開始吵欲轉去。

「毋好啦阿母！才兩禮拜外爾爾，等滿一個月，我載妳來去高雄勝輝遐。」

「我無愛去阿輝仔遐，我佗位攏無欲去，我干那想欲轉來去咱七股的厝。」

足足吵一禮拜，勝雄一粒頭兩粒大，只好共老母載去高雄，將煩惱擲予小弟勝輝。

勝輝的厝佇大埤湖附近的一棟三樓別莊。社區內面每一戶頭前攏有一欉小葉欖仁佮一个花園，花園內底隨人種無仝款的花草，看起來不止仔清幽。

和勝雄十二樓懸的厝比起來，蹛佇遮毋免煩惱袂曉坐電梯，嘛毋免一日到暗關佇厝內，來好阿媽感覺心情有較快活淡薄仔，逐工閒閒無代誌就搬一條椅仔坐佇門口曝日頭，看著有厝邊行過就掠人金金相；拄著人用北京語參伊拍招呼：「老太太來這兒玩啊？」伊就笑笑幌頭：「你講啥我聽無」、「入來坐啦！」拄著言語會通的，就問人蹛佗一間？姓啥？佇佗位食頭路？有幾个囡仔？毋過逐擺問逐擺袂記得，後回見著，也是全部閣重問一遍。有的厝邊會笑笑將欲應伊的話閣講一遍，嘛有人遠遠看著就閃一邊走甲無看人。

勝輝見若想著就詼伊的老母：「阿母妳不時顧佇遐，敢若咱社區的守衛仔咧！」

「後擺有外人欲入來攏愛向阿母登記才著。」新婦麗文也愛參伊講耍笑。

來好阿媽笑甲二齒金喙齒看現現：「莫看我這馬老矣擘無塗豆，較早我做查某囡仔的時陣，跤手偌爾仔猛掠咧，一點仔都無輸查埔人，阮阿爸常在講：……」

老人的故事長躼躼，一遍餾過一遍，講的人幽幽仔活轉去過去，聽的人哈唏無地𧢲，偏偏閣愛假做聽了真趣味。

重陽隔日，早起九點跤兜，來好阿媽又閣坐佇門口，頭殼越來越去看東看西，軟日照佇伊的身軀，風微微仔吹，空氣中有淡薄仔桂花的芳味。來好阿媽目睭皮漸漸重，無偌久下頦貼頷頸開始盹龜起來；盹無幾分鐘，聽著對面開門出來的聲音目睭隨褫開。

來好阿媽看對面的太太掛烏仁目鏡頭毛電婧婧頷頸縛一條絲巾行入車庫駛車出來，風采袂輸電視明星。一直到伊駛出社區大門轉一个斡無看車影，來好阿媽綴遠的目睭才收轉來。

「查某人會曉駛車，誠敖。」來好阿媽毋知按怎突然間想欲行出社區去散步。伊徛起來將椅仔收入去，門關好就行出社區大門。

像飛出籠仔的鳥隻，來好阿媽感覺規身軀的骨頭輕甲強欲飛起來，一條街行過一條街，一條巷斡過一條巷。經過一棟誠氣派的別莊，一个生做誠婧誠古錐的阿啄仔囡仔佇厝門口咧耍，看來好阿媽停落來掠伊看，阿啄仔囡仔佮來好阿媽相對相量約十秒鐘了後，開始「媽咪媽咪」大聲叫起來。來好阿媽驚一趒，趕緊㓾起跤走。

頭殼頂的日頭一路綴，汗水開始津落來好阿媽的鬢邊佮尻脊骿，來好阿媽感覺忝，停落來歇喘，過一時仔翻頭行倒轉，行無幾步雄雄想著早起若像有佇灶跤煮紅豆。

「今害啦！我敢有關瓦斯？」像予電電著，來好阿媽規身軀趒起來，迒大步半行半走想欲趕緊轉去，愈行煞愈感覺兩爿的厝佮景色和來的時無仝款，看著叉路緊斡過另外一條巷仔，一路行行斡斡，來好阿媽大細粒汗涵涵滴，毋知家己到底行對佗位去矣。想著勝輝的厝凡勢已經燒起來，水龍車無定著已經到位，無的確也燒著厝邊隔壁矣……，來好阿媽心狂火熱，聽著遠遠救護車伊喔伊喔駛過，驚甲雙跤一軟，坐佇路邊大聲哮出來。

「天公伯仔、觀音佛祖救苦救難喔！我哪會遮爾老糊塗？阮囝會予我害甲淒慘落魄，無厝通蹛、無錢通賠喔……。」

一台深藍色的跑車駛過，真緊閣倒退攄轉來。

「阿媽妳是按怎？」一个三十外歲穿牛仔褲格仔衫的少年人開門落車，車內碰碰的音樂聲像關袂牢的大水規个摒出來。

「我揣無路通轉去，阮兜……阮兜火燒厝矣！」來好阿媽目屎佮汗透濫做一伙，幾若支澹去的頭毛黏佇面頂。

「阿媽妳莫哮，先共我講妳蹛佗位？」

「蹛佇阮第二後生遐。」

「毋是啦！我是講……恁後生蹛佇佗？」

「阮後生今仔日去台北無佇厝……」講到遮，來好阿媽閣開始哮：「歹積德喔，無代無誌共人媠媠的一間厝燒燒去，我是欲按怎著好？」

問袂出啥物，格仔衫少年人只好趕緊將啼啼哭哭的來好阿媽載去警察局。

坐佇警察車內底，來好阿媽緊張甲跤手冷吱吱，頭犁犁目睭瞌瞌一直唸阿彌陀佛，等到耳空聽著警察講：「老太太恁厝到矣」，來好阿媽才將目睭褫開一縫仔：無水龍車，無火燒厝，連一屑屑仔煙都無，規个社區猶是像平常時仔遐爾恬靜。

入去到灶跤，一鍋(ue)紅豆囥佇瓦斯爐頂懸，瓦斯無開。

來好阿媽手貼胸坎，吐出長長、長長的一口氣。

短短時間經歷驚惶、悲傷佮綳絚絚閣雄雄完全放冗的情緒，來好阿媽一粒心肝像海湧拍岸無法度平靜，越頭目箍紅紅一直共兩个警察會失禮。

「老太太家己一个人佇厝有問題無？恁後生新婦這馬已經對台北趕轉來矣。」

「無！無！無問題。唉！真見笑，我哪會遮老顛倒？按呢勞煩恁，實在誠歹勢……，勞力喔！」

警察車拄開走，來好阿媽已經轟動規个社區。

連紲幾若日，來好阿媽無閣坐佇門口曝日頭；連紲幾若暝，毋是夢見行到荒郊野外揣無轉來的路，就是夢著後生恁兜火燒厝，水龍車一路喔喔哮入來到厝頭前，大細港水濺甲滿四界。

這暝，來好阿媽閣予夢驚醒，規氣坐起來眠床頭。

尪架桌誠久無拭，桌頂毋知坱埃甲變啥物款？

遮久無落雨，門口彼兩欉含笑佮煮飯花無的確攏蔫死矣。

阿咪仔無人飼敢會餓著？抑是早就已經離開，袂閣倒轉來？

窗外小可仔起風，小葉欖仁細片葉仔搖振動的光影印佇象牙色的羅馬簾頂懸。

來好阿媽想起拄來彼暝看著這款光景，嘖嘖兩聲對勝輝講：「你看這樹葉仔的影遮光、遮清楚，今暗的月娘誠大粒喔！」勝輝聽了哈哈大笑講：「阿母，彼是咱花園邊仔的路燈照的啦！」

「有影誠戇，月娘佮路燈戇戇分袂清。」來好阿媽想甲笑出來。

「明仔載叫阿輝仔載我轉去，我佇門口埕攑頭就看會著月娘，看誰閣和你月娘路燈分袂清？」想到遮，來好阿媽輕跤輕手跁落眠床，拍開衫仔櫥將伊的物件一項一項提出來囥入行李袋仔。

款好勢，來好阿媽心頭定著，含笑跁轉去倒佇眠床等天光。

恬寂寂講長無長、講短無短的暗暝佇窗仔外一步一步無聲行過。

二〇一五年一月　《台文戰線》第三十七期

彼年熱天

大頭興仔予伊的外媽馬轉去後壁安溪寮彼工，拄好滿五歲過兩个月。六月火燒埔的翕熱佇远入七月無幾工的這个時陣，猶原翕、猶原熱，猶原磕袂著就規身軀重汗。

「佇阿媽兜愛乖，愛聽阿媽的話。」大頭興仔的阿母翠雲共伊穿一領合軀的深藍色短褲節仔，白襪仔烏皮鞋，短䘼白 siat tsuh 的頷頸結一个紅色的啾——啾。伊的阿爸王寶民徛佇邊仔雙手攬胸喙角笑笑看伊這个頭殼有影比別人較大一號的後生。

頭大有啥物毋好？王寶民想起細漢就不時聽老一輩咧講庄內某乜(mi)人「頭大面四方，肚大居財王」。雖然彼當陣毋知影意思，毋過口氣聽起來嘛親像毋是啥物歹話。

看著後生的頭殼額仔腫一瘤猶未消，大頭興仔的阿母拍開屜仔提出萬金油。大頭興仔目頭結結，頭攲一爿倒退幾若步閃遠遠。

「猶會痛乎？較忍耐一下，過兩日仔就好矣。阿媽兜是低厝仔，毋免𰣻樓梯，蹛遐就袂像佇咱兜按呢照三頓摔。」伊的阿母共大頭興仔攬倚來那抹那講。

有影是照三頓摔。自從他搬入這間兩層樓仔厝無偌久，大頭興仔的跤底袂輸抹著油仝款，磕袂著就對樓梯頭輾落樓梯跤。這間厝的前身是醫生館，五十幾冬的老厝矣，二樓地板佮樓梯攏是hinoki，毋知是醫生館的先生娘共保養了誠好，抑是hinoki本身的特性，地板誠金滑，袂輸拍蠟過仝款。

•

大頭興仔會記得第一擺輾落樓梯是五日節前一工。伊的阿母彼時佇灶跤當咧縛肉粽，聽著樓梯乒乓碰碰佮紲落來的哭聲，粽箬擲咧隨趕緊從過來。

「今是按怎咧？跙樓梯毋著較細膩咧，毋通青碰白碰……」伊共大頭興仔攬過來頭殼身軀挲挲耎耎咧。

「我才無青碰白碰！」大頭興仔哭了夠氣矣，伸手抹一下目屎佮鼻水，慼慼嗆嗆講。

彼擺了後，佇樓梯頭滑倒輾落樓梯跤煞變成一層誠慣勢的代誌。大頭興仔的阿母一開始誠緊張，恐驚伊會摔甲飼袂大抑是共頭殼摔歹去。後來看伊飯照食、暝照睏，頭殼嘛猶誠正常無變成戇呆，也就沓沓仔慣勢這款無算意外的意外。

所以，當大頭興仔後來乒乓碰碰輾落樓梯跤時，伊的阿母無閣趕緊放落手裡的工課從過來，干那遠遠傳來一句：「啊閣輾落來了喔？毋著較細膩咧！」

伊的阿爸通常是坐佇店裡的辦公桌仔整理數單、點算庫存佮應付入來店內買文具的人客，無偌濟閒工去予這種定定發生的代誌拍斷伊的工課。

爸母這款反應予大頭興仔有一種講袂出的失落，哭聲嘛因為按呢自動縮小規模，對原來的生慘哮到簡單哭幾聲，落尾規氣小可哼兩聲就徛起來共摔疼的尻川挲咧，家己去揣別項物件耍矣。

中元彼个月頭，大頭興仔的外媽掠兩隻土雞仔對庄跤來。隔轉工下晡欲轉去進前雄雄予大頭興仔輾落樓梯的意外掣一越。

「毋免驚啦阿母，定定嘛按呢，這誠正常。」大頭興仔的阿母挲一下阿興的大頭。

「正常？」外媽喙開開越頭看伊的囝婿。

「是啦阿母，這無啥物要緊啦！」大頭興仔的阿爸笑笑對伊的丈姆講。

「按呢叫正常？無要緊？我看是恁這兩个做人老爸老母的無正常才有影！」看著查某囝佮囝婿無要無緊，外媽淡薄仔受氣。

「袂啦！你看，毋是攏好好？」兩翁某共後生牽過來外媽面頭前。

「阿興仔，你有要緊無？」外媽牽起大頭興仔的手。

大頭興仔兩蕊目睭大大蕊直直相伊的外媽。

「看起來目神若像無啥著……」外媽講。

「哪有？」大頭興仔的爸母同齊應。

「閣講無？」外媽牽大頭興仔佇身軀邊的籐椅仔坐落來。

「來，阿興仔，共阿媽講，一加一是偌濟？」

大頭興仔頭犁犁無出聲。

「傷簡單矣啦阿母，這伊早就會矣！」大頭興仔的阿爸笑出來。

外媽無睬伊，做伊問大頭興仔：「講無要緊，一加一到底是偌濟？」

大頭興仔恬恬看伊的外媽，又閣越頭看伊的爸母。

「你毋著緊共阿媽講！」伊的阿母共催。

大頭興仔目神無定，躊躇一下仔，落尾，沓沓仔伸出正手，閣聊聊仔展開五肢指頭仔。

「啊！」三个大人同齊咻起來。

「哪有可能？」伊的阿爸阿母面色青青。

「唔……」外媽掠大頭興仔看一觸久仔，勻勻仔講：「真害，頭殼有影摔歹去矣！我看愛先烝來醫生館頭殼頂注兩支射……」

大頭興仔一聽，跁起跤走幾若步，徛遠遠雙手揞頭喝咻起來：「無愛啦！我無愛頭殼注射啦！」

「頭殼歹去無去予醫生注兩支仔射哪會使得？」外媽目睭微微，伸手抓幾下家己的頭殼皮。

「無歹啦！頭殼無歹啦！」大頭興仔越跤頓蹄：「好啦！我講，一加一是二啦！」

閣按呢落去，無歹嘛摔甲歹。外媽決定悉伊的阿孫仔轉去庄跤佮伊作伙蹛一站仔。

•

外媽的厝是三合院的建築，正廳頭前一个大大的門口埕，門口埕外口的路邊有一大抱竹仔欉。大頭興仔對遮的環境並無生份，以早每一擺綴伊的爸母轉來，門口埕攏會徛幾若个囡仔掠伊金金相，相伊一身軀擎絜的衫褲，相伊穿的彼雙烏皮鞋。阿母講怹是伊的表兄弟姊妹。看怹嬉嬉嘩嘩拈田嬰、耍覕咕雞，大頭興仔心內誠欣羨，誠想欲加入怹做伙耍。

　　這擺佇外媽兜蹛落來，無偌久大頭興仔就和怹遮的年歲差不多的表兄弟姊妹耍甲誠熟似矣。

　　阿媽的房間佇大廳的正手爿，房間後面兩欉檨仔欉，一粒一粒、一綰一綰掛佇樹椏，風吹來檨仔就搖咧幌咧，大頭興仔逐擺看著攏足想欲開窗仔伸手去耍這幾綰檨仔。

　　熱天的大廳誠秋清，風對廳口吹入來，比吹電風閣較涼。

　　過晝，大頭興仔定定趁外媽睏中晝的時，溜落眠床來到大廳。

　　大廳有兩條色緻烏甲會反金的太師椅，壁頂掛幾幅穿古早衫的人的相片，外媽講彼是阿公、阿祖佮祖太，也就是阿母的阿爸、阿公、阿媽佮阿祖。大頭興仔聽甲霧嗄嗄，毋知誰是誰，干那感覺怹的穿插看起來像電視劇內底的古早人。

大頭興仔上愛跕上太師椅，躪踮椅仔兩肢跤佇半空中幌，將家己當做電視劇內面遐的威嚴的大人物；有時陣伊會擇頭詳細看伊的阿公、阿祖佮祖太，看久目睭皮開始沉重。

外面吱蟬仔的叫聲袂輸咧催眠仝款，大頭興仔目睭皮重甲褫袂開，頭殼敧敧躪佇太師椅睏去的時，伊定定感覺有人咧擽(ngiau)伊的跤底。

門口埕邊仔有一口井。

這口井用柴板崁咧，頂懸閣疊一寡物件。就算是按呢，外媽猶是再三交代大頭興仔袂使倚近彼口井。

這工過晝，趁外媽睏去矣，大頭興仔又閣溜去大廳。

佇太師椅坐一睏仔，南風微微仔吹入來，大頭興仔目睭皮又閣重甲強欲瞌起來，眠眠敢若聽著有人細聲咧叫伊。

「阿興出……來……耍——」

是大伊兩歲的表兄阿傑佮伊的小妹阿春仔聲音壓低低咧叫伊。

外媽規定大頭興仔愛佇伊的身軀邊做伙晭中晝，袂使綴遮的表兄弟姊妹仔佇外口賴賴趖，若無，萬一出啥物代誌伊無法度對囝婿佮查某囝交代。

大頭興仔跁落太師椅，躡跤躡手行出大廳。

「咱來去拈呿蟬仔」阿傑招伊。

經過彼口井，大頭興仔跤步停落來。

「是按怎古井欲崁起來？」大頭興仔問。這个問題佇心內囥幾若工矣，伊會記得以早綴阿爸阿母轉來，捌看過有人佇遮洗衫抑是洗生鍋（ue）。

「攏嘛是你……」阿傑的小妹阿春仔喙翹起來。

「我？」

「阿媽驚你跋落去……」

「唉呀！阿春仔妳莫烏白講啦！」阿傑無欲予阿春閣講落去。

「我才無烏白講！」

「妳比我較細漢都袂跋落去矣，是按怎我就會跋落去？」大頭興仔誠不服。

「行啦行啦！咱來去拈吱蟬仔啦！」阿傑一直催。

大頭興仔共阿傑的手摸牢咧：「我先看一下古井內底是生做啥物款，一下仔就好」

阿傑一聽，一粒頭殼一直幌：「袂使啦！予阿媽佮阮阿母知影我會去予怹拍死……」

「袂啦！咱攏莫講，怹袂知影啦！」

看阿傑一直掠阿春仔看，大頭興仔越頭對阿春仔講：「咱是仝一國的，妳嘛袂使講出去。」

「好——啦！」阿春仔喙翹翹，無啥情願。

三个囡仔做伙出力共古井頂懸的物件搬走，閣共崁佇井喙彼塊柴板捒開。

古井誠深，大頭興仔雙手扞佇井墘探頭看，無想著煞看見井面浮一粒人頭，雄雄掣一趒，一个面驚甲青恂恂，雙跤也驚軟甲強欲徛袂牢。

阿傑看伊面色各樣，探頭一看，隨哈哈大笑起來：「鳥鼠仔膽！彼是你家己的頭啦！」

大頭興仔毋敢閣探頭看，抾一粒石頭出力對古井擲落去就跁起跤走矣。

彼粒石頭落落去井裡，若有若無的聲敲佇大頭興仔的心肝頭，淡薄仔沉，淡薄仔重。

彼暝，本底活跳跳的大頭興仔毋知按怎煞雄雄發燒，倒佇眠床頂規身軀無力，一直拚清汗。

外媽佇房間內外出出入入無閒頤頤，煎藥仔、共大頭興仔拭汗、換伊頭殼額仔的面巾，一直舞到五更天才忝甲飄佇眠床眯去。

大頭興仔一粒頭殼楞車車，喙焦甲嚨喉強欲噴火。佇茫茫渺渺的意識中，翕熱的房間突然間一陣清涼，大頭興仔感覺若像閣有人咧擽 (ngiau) 伊的跤底。

伊勉強擘開目睭，看著眠床頭徛一个長頭毛的查某囡仔。

「妳……是啥人？」大頭興仔想欲開喙講話，聲音卻是窒佇嚨喉無法度出聲。

彼个查某囡仔看大頭興仔醒矣，喙翹翹「哼」一聲雙手攬胸，氣怫怫講：

「你這个囡仔疕，無代無誌是按怎擊(khian)我的頭？」

「擊妳的頭？哪有？我無啊！」大頭興仔虛弱應。

「閣講無？你明明提石頭擊我……」

大頭興仔兩蕊目睭無神無神看面頭前的查某囡仔。傷過懸的體溫予伊的頭殼額仔佮喙輔（tshuì-phué）燒燙燙，規粒頭烏暗眩甲誠厲害。

伊的目睭皮愈來愈沉重，查某囡仔著急的叫聲「阿興，毋通睏去啊……阿興……」抰輸吹過耳空邊的風，茫茫渺渺，猶抰赴聽斟酌就飛遠去矣。

恬靜的暗暝，吹狗螺的聲音一聲長過一聲……。

天拄光，雞鵤仔才伸長頷頸啼一聲，外媽雄雄精神，趕緊伸手探一下阿興仔的頭殼額仔。

「阿彌陀佛！好哩佳哉。」

纏規暝的燒已經退，大頭興仔規个尻脊骿澹漉漉，共竹蓆仔黗出一大片的汗跡。

大頭興仔睏醒目睭褫開的時，外媽已經煮好糜。

「來，阿興仔，緊來食，食飽來去廳裡拜咱祖先……」

佇大廳，外媽點六枝香，共三枝抾予大頭興仔。

「來，跪落！」外媽講煞，跤頭趺跪齊佇尪架桌前。

大頭興仔雙手擛香佇外媽身軀邊跪落來，越頭看外媽目睭半瞌喙裡細聲唸：

「……咱阿興……來遮迌迌……，保庇，阿興仔……」

外媽的喙開開合合，講予祖先聽的話像誦經仝款佇大頭興仔的耳空邊嗡嗡叫，大頭興仔感覺誠無聊，身軀開始若一尾蟲蟯蟯旋。

這時陣一隻胡蠅飛過來停佇尪架桌頂的一尾魚仔頂懸，大頭興仔偷看一下外媽，手裡的香用誠緊的速度對胡蠅黜去，無想著死毋死竟然去黜著胡蠅的翼仔，胡蠅欲飛起來又閣摔落去，倒佇尪架桌頂硞硞趒。

大頭興仔想欲閣動手，看外媽目睭褫開，趕緊共手勼轉來。

「阿媽，胡蠅咧沾桌頂的魚仔。」

「無要緊，欲沾予沾。」外媽講，擧香的手拜三拜。

「按呢無衛生啦！阿母講胡蠅沾過的物件人閣再食會歹腹肚……」

外媽無講話，左手撐佇低椅條仔淡薄仔出力徛起來，接過大頭興仔手裡彼三枝香，參家己的做伙插入香爐正中央。

白色的香煙沓沓仔飄懸，大頭興仔看著壁裡予香薰甲淡薄仔烏的相片有一个人親像咧對伊笑。

綴外媽迒出大廳的時，大頭興仔越頭看彼張相片，摸一下外媽的衫仔裾尾——

「阿媽……」

「嗯？」外媽停落跤步。

「彼个是啥人？」

外媽越頭看：「你袂記得矣？阿媽共你講過伊是恁阿公啊！」

「嗄？阿公猥少年？阿媽妳遮老……」

「烏白講，恁阿公大我幾若歲咧！」

「若無……阿公看起來……」

「戇孫！彼是伊死以前的模樣啦！」

「喔！按呢……阿公死足久矣？」

外媽無應大頭興仔，干那吐一个大氣，喙裡細細聲親像唸予家己聽：「睏破三領蓆，心肝掠未著……。」

講煞，迒過戶模恬恬行出大廳。

大頭興仔閣越頭看一下怹外公，相片內拄才猶微微仔笑的喙角，這馬敢若誠明顯倒彎，成做一个苦瓜面。

過晝的一陣西北雨落了緊閣猛，大大陣的雨水敲佇厝瓦，袂輸咧擂戰鼓，天色一下仔隨暗落來。

大頭興仔予雨聲吵醒，目睭皮略略仔褫開，叫一聲「阿媽——」又闔瞌起來。

無人應伊。大雨一直落。

「阿媽……」大頭興仔閣叫一聲，身軀翻一个身，伸出去的手摸著澹澹的床板，伊感覺手涼涼冷冷……。

這予伊規个人精神過來，目睭展大蕊。

原來窗仔無關，雨水共窗仔門邊的眠床潑澹去，拄才一个翻身，手拄好承(sin)著潑入來的雨珠仔。

房間誠暗，外媽毋知佇佗位無閒。

大頭興仔坐起來，跤頭趺跪咧滑到窗仔邊共窗仔關起來，房間愈暗矣。

關佇窗仔外的雨聲變細，煞明顯聽著門口埕一陣誠吵的聲音。大頭興仔跁落眠床行出房間綴彼陣聲音來到門口埕。

天頂無雨。一群人圍佇古井邊，有人咧大聲哮，悽慘的哭聲聽起來敢若誠熟似。

大頭興仔徛佇這群人身軀後恬恬看，一種講袂出的、莫名的悲傷袂輸海湧仝款雄雄排山倒海向伊揀過來，佇心肝頭一陣滾絞。

「阿媽……」大頭興仔伸手掰一下目屎。

無人睬伊。圍佇井邊的人猶咧嗤嗤呲呲。

「唉唷！夭壽喔……」，「哪會按呢？」吐大氣的聲一波崁過一波。

對人縫看入去，大頭興仔看著塗跤親像倒一个粉紅色衫裙的人。

「阿媽——」大頭興仔感感嗆嗆閣叫一聲。

仝款無人注意著伊的存在。大頭興仔感覺誠孤單，叫三擺阿媽了後，忍袂牢大聲哮起來。

「阿興……阿興……」

大頭興仔哭甲無法度收煞，外媽的聲音若像佇耳空邊，嘛若像佇誠遠的所在。

「阿興仔，今是咧哭啥物？咧陷眠喔？」

大頭興仔擘開目睭，看外媽徛佇眠床邊頭向向（ànn ànn）咧看伊。

「夢著啥物？哭甲遮傷心。」

大頭興仔越頭看四箍籬仔，發現家己倒佇眠床頂，房間暗暗，窗仔外猶咧落雨。

「唉！阿媽是看你昨暝發燒無睏好，才據在你睏，予你睏遮久。今害矣，我看今暗你歹睏矣……」

「阿媽，妳拄才去佗位？我攏揣無妳。」

「你咧陷眠咧！你一直睏佇眠床頂欲去佗位揣阿媽？」外媽笑出來伸手欲開房間的電火球仔。

「我看著足濟人圍佇古井邊，有人咧大聲哮，聲音聽起來足成妳……」大頭興仔伸手挼（juê）猶閣澹澹的目箍。

外媽面色變矣，欲開電火的手停佇半空中。

「阿媽……」大頭興仔欲閣講落去。

「好矣！緊起來，落一陣雨烏天暗地，阿媽欲來去煮暗頓矣。」

半暝，外媽睏去矣，大頭興仔倒佇眠床目睭大大蕊輾來輾去看頭殼頂的樑柱，看吊佇壁裡彼捾外媽家己紩的虎仔香。一隻蟮蟲仔揖佇樑柱恬恬佮伊相對相。

外口的四跤仔咯咯叫，大頭興仔想起阿傑捌答應𤆬伊去掠四跤仔。

「有一擺我掠滇滇一籗（khah）轉來，嘩！逐隻攏足肥的，隔轉工阮阿母煮一鼎薑絲四跤仔湯，足清甜的……」彼工阿傑按呢講。

大頭興仔知影阿傑咧歎雞胿，伊才無這个才調，彼定著是阿傑怹細漢阿叔掠的。

阿傑的細漢阿叔俊卿大阿傑十六歲，掠四跤仔足厲害，小春講的。毋過掠四跤仔愛佇暗時，俊卿阿叔最近無閒咧談戀愛，大頭興仔一直無機會綴。

四跤仔「咯咯……」的聲音又閣大大聲叫起來。

「這隻一定足大隻，無定著是四跤仔王……」大頭興仔越頭看一下睏甲毋知人的外媽，躡跤躡手爬到窗仔邊輕輕拍開窗仔。

窗仔外的叫聲親像佇這个時陣攏恬靜落來。大頭興仔無看著四跤仔王，干那看著一个穿粉紅色衫裙的查某囡仔徛佇樣仔樹跤。

「阿興出來……」查某囡仔共擛手。

大頭興仔認出來是擛伊的跤底，閣怪伊共擊石頭彼个查某囡仔。

「阿媽會罵。」大頭興仔搖頭。

「恁阿媽睏誠入眠，袂醒來啦！」

「妳是啥人？遮晏走出來耍，敢袂予恁阿母罵？」

查某囡仔手掩喙笑出來：「阮阿母這馬睏甲毋知人矣。出來啦！你出來我才共你講我是啥人。」

大頭興仔手扞窗仔框，頭攲攲咧考慮。

「外口有四跤仔無？」

「有啊！」

「有足大隻無？」

「嗯……誠大隻。」

定著是四跤仔王！若掠著就佮俊卿阿叔平厲害矣。大頭興仔目睭金起來，溜落眠床輕輕揀開門，躡跤躡手旋出房間。

穿粉紅衫的查某囡仔徛佇樣仔樹跤，面色淡薄仔憂愁。這是難得的一擺機會，錯過阿興，毋知愛閣等偌久。

大頭興仔行到查某囡仔面頭前，嚓嚓趒問：「四跤仔王呢？」

「阿興，等一下才揣四跤仔王，阿姨仔需要你鬥相共……」

「阿姨仔？啥人是阿姨仔？」

「阿姨仔就是我啦！」查某囡仔講：「阿興，明仔載就是中元節，我需要你共你的阿媽講，衫櫥內面彼條茄仔色的碎花絲巾仔，拜託伊燒予我……」

「嗄？是按怎欲用燒的？燒落去就歹去矣。」大頭興仔叫出來。

「……唉！你共恁阿媽講我是翠娟，伊就知矣。」
「阿媽捌妳？是按怎妳無欲家己共講？」
「我……我袂當啦，你的阿媽看袂著我……」
「阿媽是按怎看袂著妳？」
「唉呀！問甲一支柄。」查某囡仔頓一下跤，目頭結結：「好啦！我共你講，我……我已經……無佇世間矣……」
「無佇世間？」大頭興仔頭攲攲想。
「無佇世間……，啊？無佇世間就是死矣！按呢妳毋就是……鬼？」講著「鬼」，大頭興仔兩肢手相疊趕緊共喙掩起來。
查某囡仔面膨膨喙翹翹：「莫叫人鬼啦！」「就算是鬼嘛無啥物好驚的……」大頭興仔無等伊講煞：「按呢……妳真正是鬼？毋過……妳是一个媠媠的鬼呢！」
查某囡仔聽大頭興仔閣叫伊鬼，拄欲受氣，紲落聽阿興呵咾伊媠，隨閣喙笑目笑。

在生的時伊的阿母就定定講伊真愛媠。愛穿媠衫、愛掛阿母的䘥鍊、愛照鏡，看鏡中眾人呵咾的面容……。

大伊十一歲的阿姊翠雲——阿興的阿母，個性佮伊拄好顛倒反。翠雲無伊遐活潑，無伊遐愛媠，袂愛䘥鍊、手環，嫌彼纏跤絆手。

翠雲阿姊出嫁進前，阿母炁伊去鎮內款嫁妝，其中有一條茄仔色的碎花絲巾，翠娟佮意入心肝底。

「後擺換我做新娘的時陣我嘛欲揤一條遮爾媠的絲巾仔。」佮翠雲阿姊佇房間內，伊輕輕摸彼條絲巾仔，滿面欣羨。

「毋免等到妳做新娘，等阿姊完婚，這條絲巾仔就送妳。」翠雲講。

「真咧？」伊的目睭展金，面頂笑出一蕊花。

毋過，伊是遐爾仔佮意彼條絲巾仔，等袂到阿姊出嫁，伊趁阿姊佮阿母閣出門款嫁妝無佇厝，入去房間內共彼條絲巾仔提出來看媠。

薄縭絲的茄仔色絲巾輕輕崁佇伊的長頭鬃垂落肩胛頭，鏡中的家己看起來愈媠矣。

伊愈看愈歡喜。遮爾媠的絲巾仔，無人看著偌爾仔無彩呀！

伊行出房間，門口埕無半个人。伊淡薄仔失望，佇埕裡行來行去，絲巾佇頭殼頂佮肩胛頭隨風輕輕吹振動，伊雙手向兩爿邊伸長開始走起來，感覺家己袂輸一隻佇空中飛來飛去媠媠的的蝶仔。

走過牛牢、走過井邊，一陣風吹過來，共伊的絲巾吹掀起來。伊停落跤步，越頭欲抾，彼條絲巾煞像一隻展翅的蝶仔慢慢飛對井裡去。

伊規个人愣去，笑容堅凍佇面頂，雙跤像釘根佇塗跤仝款，目睭金金看絲巾飛落彼口井。

等伊清醒從去井邊，手扞井墘向頭看，彼條絲巾已經落落井裡浮佇井面。

「我……的絲巾……」，伊的心肝匈匈做一毬，目屎含佇目箍內底輾。

欲按怎共阿姊佮阿母交代？伊喙脣咬咧毋敢哭出聲、毋敢予別人知影，心內干那想欲佇別人發現進前趕緊共絲巾仔撈(hôo)起來偷偷囥轉去衫仔櫥內。

目睭前浮現阿母責備的眼神，伊慼慼嗆嗆揣一枝細箍竹仔，一手扞井墘，一手共竹仔伸入去井內。

無奈井傷深，竹仔勾袂著。汗對伊的鬢邊流落來，伊伸手擏一下汗澹的長頭毛，閣探頭共半節身軀向井裡向愈低。

勾袂著，猶勾袂著！伊躡一下跤尾、擛竹仔彼肢手大大出一下力，扞井墘的手煞雄雄脫去，小小身軀像斷翼的蝶仔，向井裡直直栽落去……。

•

處暑，七月半中元。

早起，大頭興仔予窗外榛仔樹椏吱吱啾啾的鳥聲叫醒，跁落眠床淺拖仔穿咧行到灶跤揣伊的外媽。看外媽佇灶前當咧無閒款拜好兄弟的飯菜，大頭興仔共邊仔的低椅頭仔拖過來坐佇頂面雙手托喙顊恬恬看伊的外媽。

「阿興仔，頭面去洗洗咧來食早頓。」外媽那無閒那講。

「阿媽……」大頭興仔撧（juê）一下目睭：「昨暝有一个姊姊來揣我，伊講我愛叫伊翠娟阿姨仔，講伊想欲挃一條絲巾仔。」

聽著「翠娟」兩字，外媽規个人愣去，徛佇灶前像一身柴頭尪仔袂振袂動。

彼年翠娟的死是伊永遠講袂出喙的疼。

無應該共留踮厝裡，彼工參翠雲出門款嫁妝若做伙共𤆬出門，所有的不幸就攏袂發生……。

伊想起伊的翁婿信良𤆬兩歲的翠娟入門彼个下晡。

信良頭犁犁共兩蕊目睭活靈靈的查某囡仔牽牢牢徛佇伊的面頭前，斜西的日頭光照佇一大一細兩人身上。伊雄雄對目睭前這個門陣生活遮濟年的查埔人感覺生份起來。

翁婿講查某囡仔叫翠娟。伊從來毋捌看過翠娟的生母，毋過對這个查某囡仔幼秀的鼻目喙看起來，伊心內臆彼个查某人定著生做誠媠。

伊落尾猶是予翠娟留落來。對伊來講，這和是毋是原諒伊的翁婿無啥物關聯。

囡仔是無辜的，伊無法度將心內的怨感算佇這个天真的查某囡仔身上。毋過，伊的心情猶原三不五時就陷入矛盾，有時想欲好好仔疼伊，有時閣想欲共揀較遠一點仔。只是……自頭到尾，毋捌共苦毒過啊！伊是按怎來跋落井裡的？伊綴翠雲叫伊阿母，佇這个囡仔心目中，家己到底是啥物款的一个老母？

伊的心抽疼起來。遮濟冬來，自責的心情不時湧起來心肝頭，不只一擺向望翠娟會當入伊的夢來，予伊知影彼工到底發生啥物代誌？

「阿媽……」大頭興仔看伊的外媽一直恬恬無講話閣共叫一聲。

外媽伸手拭一下目睭，越頭跔落來問大頭興仔：「翠娟阿姨仔閣講啥？」

「伊講想欲共伊的阿姊會失禮，閣講伊是欲抾絲巾仔無小心跋落井的，叫阿媽莫艱苦，閣講……閣講……」

「閣講啥物？」外媽著急問。

「閣講……」大頭興仔抓頭想一觸久仔：「閣講伊提著彼條絲巾仔就欲來離開。」

外媽一聽，目屎大粒輾落來。「戇查某囡仔，為著這條絲巾枉送一條性命，猶留戀遮久毋願離開……」

下晡兩點半，外媽三牲四果飯菜銀紙排規桌，邊仔的椅頂囥一个新面桶，內面貯半面桶水，面桶墘囥一條新面巾。大頭興仔佇外媽身軀邊綴前綴後，問東問西，閣伸手去耍面桶內底的水。

「去邊仔耍，莫踮遮纏跤絆手！」翕熱佮無閒予外媽的性地淡薄仔夯起來。

大頭興仔看外媽聲嗽無偌好，無意無意行對邊仔去。

外媽拜煞好兄弟，紲落攑香對翠娟講話，日頭赤焱焱，大細粒汗對伊的尻脊骿流落來，外媽目睭半瞌，細聲講、一直講，將伊遮濟年來心內的話攏敨放出來。

等拜煞，銀紙佮絲巾攏燒化，桌頂的物件收好勢，伊才發覺阿興仔無看人矣。

「阿興仔——」，「阿興仔——」

外媽叫幾聲了後心內開始著急。這个囡仔平常時仔叫兩聲就走出來、跳過來，今這馬是按怎叫規晡久猶無聲無說？門口埕四箍籬仔無看影跡，外媽行出埕外四界揣，愈揣愈遠，跤步愈行愈緊，拄著人就問：「有看著阮孫無？五歲的查埔囡仔，生做白白、面膨皮膨皮，目睭大大蕊，穿一領……」問過幾若个人，逐家攏搖頭。落尾總算有人應講有看著一个查埔囡仔家己一个人行對圳溝彼面去，外媽一聽心狂火熱隨跁起跤走起來。

「是按怎無聽話，明明共吩咐過袂使去有水的所在耍。」

「萬一若有三長兩短是欲叫我按怎向阮查某囝佮囝婿交代？」

「啊……是按怎遮爾無聽話？」

「天公伯仔，祢著鬥保庇……」

外媽向圳溝拚命半行半走，頭毛澹去、汗水滴入目睭攏無致覺，干那嫌家己行了無夠緊，落尾規氣鞋仔擲路邊褪赤跤走若飛。

走到稻仔田，看著圳溝矣，圳溝邊栽一排斑芝樹，外媽那走那喝「阿興仔！阿興仔！」無偌久，看一个小小的人影徛佇斑芝樹跤面向圳溝，正是阿興仔無毋著！外媽從過去共伊的孫攬咧跪佇塗跤大聲哮出來。

哮規晡久目屎鼻水流甲一頭一面，才看著伊的孫目睭展大蕊掠伊金金看。

「阿媽妳是按怎一直哭？」

「你這个囡仔……，無代無誌家己一个人走遮遠，來遮欲創啥貨？」

「有一个哥哥講遮水足涼欲悉我來耍水。」

「佗一个哥哥？佇佗位？」外媽越頭四界相，頭殼皮一陣痲。

「我毋捌伊。翠娟阿姨仔擋無欲予我落去耍水，叫我緊轉去，講伊嘛欲離開矣。」

「翠娟？翠娟仔佇佗位？」外媽閣越頭四界相。

「妳拄才一直哮的時陣伊就走矣。」

外媽一聽目箍閣紅起來：「來無張持，去無相辭。是按怎這个查某囡仔的來佮去攏是遮爾予人揻心肝？」

一片烏雲飛過，日頭光雄雄暗落來。風吹過斑芝樹椏，共青青的樹葉仔微微吹振動，嘛共外媽面頂的目屎吹焦去……。

「唉！食老矣，擔袂起遮爾大的責任。明仔載，明仔載就共阿興仔送轉去怹爸母身軀邊。」外媽想。

「轉去進前著愛先悉這个囡仔來去收驚一下。」按呢拍算的時陣，外媽想起拄才揣無阿興仔彼款滿心的驚惶。

無定著……閣較需要收驚的，是家己？

外媽共大頭興仔的手牽咧慢慢仔行轉去厝，下晡的日頭照佇媽孫仔兩人尻脊後，將怹的背影摸長長……。

月落胭脂巷

五日節拄過，空氣中猶浮動著淡薄仔粽箬(hàh)的芳味。

觀月一手揞菜籃仔，一手提一个貯半爿西瓜的紅塑膠橐仔，肩胛頭敧敧大伐步行，早起十點的日頭對頭殼頂摒落來，逼出伊規身軀汗。

觀月手曲(khiau)攑懸，頭敧一爿用彼領淺水色、衫仔裾尾印一蕊蓮花的短䘼棉衫拭鬢邊的汗，大細粒汗相爭對尻脊骿輾落來，輾到腰予裙頭閘咧，黕出一大片澹跡來。

行入離厝無偌遠彼排店亭仔跤，觀月的跤步放慢落來。越頭看外口的焱日，吐一个大氣規个人放輕鬆，袂輸拄逃閃過敵人的追殺仝款。

這排店面量約十五六間，布店、鞋店、目鏡店、時裝店、洗頭毛店……，多數攏是幾若十年的老店矣。

行過洗頭毛店，觀月想起以早店內彼个洗頭的查某囡仔小如。小如粉粉的面肉像水蜜桃，喙角邊兩个小小的酒窟仔，甜甜的笑容佮早期的歌星尤雅誠相像。拄嫁過來的時捌來遮 siat-toh 幾擺，小如人媠喙甜逐擺見面攏叫伊「新娘仔姊姊」。洗頭毛店的妹仔來來去去不時換人，無偌久小如嘛已經離開遮毋知佗位去矣。

亭仔跤盡磅一條短短的紅磚仔路，斡入正手爿第一條巷仔，巷口矗一个褪色的原木牌仔，用楷書的字體寫著「胭脂巷」三字。

這條胭脂巷無闊，差不多干那會當一台車一个人相閃身，巷內兩排南北向三樓透天厝，每一戶紅漆大門新舊無仝，有的褪色、有的落漆、有的看起來像拄重漆過無偌久。

觀月一戶一戶行過，行到巷底上大間、門牌寫「陳宅」彼間厝前停落來。

這戶陳宅外觀佮巷內其他的厝有真大的無仝，毋那厝地比別間較闊，嘛真明顯有整修過，歐式的鍛鐵雕花大門佇這條樸素的巷內看起來不止仔奢颺，毋過因為佇巷仔底，外人若無行到盡磅，袂特別去注意著胭脂巷藏有一間遮爾氣派的厝宅。

一入門，佮平常時仔仝款，大家和小姑坐佇客廳看電視，觀月面帶笑容招呼一聲：「媽、阿願，我轉來矣。」就行入去灶跤。

拄提出紅塑膠橐仔內底彼半爿西瓜园入冰箱，小姑芯願冷冷一聲「真無禮貌，大官佇遮也袂曉相借問」對客廳傳來。

觀月愣一下才想著拄退休的大官慣勢坐佇客廳的窗仔邊彼條籐椅看報紙，籐椅背向伊，拄才入來一時無注意，煞袂記得共大官相借問。

觀月共幔佇肩胛頭淡薄仔澹濕的頭毛束起來，拭焦面頂佮頷頸的汗，捀三塊大家官佮小姑愛食的九重粿行出灶跤，行無幾步，客廳彼面小姑的聲音又閣傳過來：「唉，無法度，爸母無教示，毋捌禮數啦！是講……這若予外人知影，毋知欲按怎笑咱陳家遮爾無眼光，娶著這款新婦……」

像予一桶冰水當頭淋落，觀月跤步停落來，一時毋知下一步應該進前抑是退後。

敢猶有退路？

向頭看捀佇手裡這盤三代祖傳的菜市仔伯九層粿，觀月感覺家己的心情像面前的九層粿，心事一層疊過一層；無仝的是，九層粿是甜的，伊的心情煞是苦澀的。

回想起來，觀月總是免不了問家己：這世人的運命，敢毋是去予恆春彼陣落山風吹斜 (tshuàh) 去的？

•田庄查某囝

出世佇五〇年代的台灣南部里港，觀月雖然厝裡做穡，毋過大細項穡頭有爸母佮兄哥、阿姊擔咧，身為這个農家的細漢查某囝，伊的日子過了比兄姊輕可，干那讀冊這條路，就比伊的阿姊觀容行了較順利。

觀容初中一畢業，伊的阿爸就堅持無欲予伊繼續讀冊。

「冊讀遐濟有啥路用？嫁出去就是別人的……」

觀容也認命，袂爭袂吵，倒佇眠床流兩暝的目屎，就予庄內的厝邊紹介到外地成衣廠做工課趁錢。拄著歇假轉來，毋免序大開喙，手䘼擎咧就自動去田裡鬥相共。

觀月原本煩惱家己會參像阿姊仝款，起初冊讀著無心無情，成績自然浮浮沉沉，全然失了國校仔時的風采。

讀師專的二兄維義看袂落去，忍袂牢唸伊：

「無欲好好仔讀冊，敢講初中畢業妳也想欲去工場做女工？」

「阿姊冊讀遐爾好，阿爸毋是仝款無允伊繼續讀……」觀月想著彼暝觀容尻脊骿向她，肩胛頭微微仔震，共叫也毋應，知影伊哭矣。姊妹仔欲睏進前原本攏會面對面嗤嗤呲呲講一寡心內話，彼暝兩人卻是倒佇眠床恬恬算家己的心跳，連吐大氣嘛藏起來無欲予對方聽著。月光對窗仔外照入來，照甲觀月心肝一陣酸疼。

「妳做妳讀，到時阿爸遐予我來講。」二兄維義講。

藍家四兄妹，除了大兄維仁早早就夯鋤頭綴兩个老的做穡，維義、觀容、觀月其實冊攏讀了袂穤，只是，農村家庭看天食飯，查埔囡仔讀冊猶講會得過，查某囡仔若想欲加讀寡著看造化。

終其尾，觀月的阿爸也是答應予伊讀高中。

踮藍家，阿爸是天，任何代誌伊講了準算。阿母昔圓拄好顛倒反，溫純甲親像一窟水，完全看恁阿爸的意志來決定家己的形狀。觀月自按呢學會曉，所有的心事攏會使共伊的阿母講，獨獨若有代誌參詳，揣伊的阿母只是無彩工，前一刻的允伊，只要伊的阿爸略略仔有意見、目眉一睞(kheh)倚，伊的阿母隨著自動轉向，無話無句。

歇寒。

透早，觀月睏醒就聽著佛廳喀啦喀啦跋桮的聲音。

伊洗喙洗面換衫了行入佛廳，看伊的阿母拄好向頭去尪架桌跤抾彼兩个桮。

「阿母，哪會跋遮久？咧問啥物代誌？」

「龜怪，今仔日毋知是按怎哪會攏跋無桮？前幾日仔有人來共恁大兄講親情，對方是內埔仔林家的查某囝，叫做春米。毋知咱祖公媽意思按怎？」

觀月感覺愛笑：「阿兄欲娶某，是按怎著愛問咱祖公媽的意見？」

「煞毋免？妳無聽人講做著歹田望後冬，娶著歹某一世人。恁阿兄遮古意老實，萬不幸若娶著歹某，恐驚著一世人艱苦……」

「按呢是愛去探聽對方，祖公媽哪會知影彼个查某囡仔是好某抑歹某？」

「這我煞毋知！是講這款大代誌嘛是愛講予咱的祖公媽知，望怹繼續庇佑……」

「阿兄伊意思按怎？」

「恁阿兄對家己的婚事無要無緊，干那講只要友孝序大、勤做穡就好。」

暮春三月，藍家歡歡喜喜為大漢後生維仁辦喜事。宴席設佇門口埕，倚晝，親情朋友厝邊隔壁沓沓仔到位就座，共規个門口埕䀹(kheh)甲鬧熱滾滾。

觀月佮觀容兩姊妹無閒內外，閣分頭仔檢查每一桌的汽水、瓜子、玻璃杯仔佮酒開仔攢有齊備無。佇一桌一桌中間行來行去的時，觀月感覺尻脊後親像有一雙目睭綴伊的跤步徙振動。起初伊掠準是家己過頭敏感，毋過彼種感覺一直共綴牢牢。

觀月恬恬行幾步了後無聲無說雄雄越頭，拄好和一對目睭相對相。

彼个人無想著觀月會雄雄越頭，兩蕊目睭袂赴覕，只好對觀月頡一下頭，喙角一絲仔淺淺的笑。

炮仔聲劈哩啪啦響起的時，逐家相爭越頭看。

「新娘來矣，新娘來矣」。一个五歲跤兜的查埔囡仔歡喜喝聲，了後大聲唸起來：「新娘新娘媠噹噹，褲底破一空，後壁磅米芳……」

有人笑出來，查埔囡仔的阿母拍一下伊的後頭擴：「恬恬坐予好！」

維仁佮新娘出來的時，觀月徛佇離幾步遠的所在看伊的阿兄。頭一擺看阿兄穿西裝，感覺會出伊無啥自在。觀月目睭徙看阿兄身邊叫春米此後伊愛稱呼阿嫂的查某人，心內也歡喜也淡薄仔稀微，想起阿母講的「娶著好某，較好作祖；娶著歹某，一世人艱苦」，伊向望古意閣顧家的大兄會當一世人幸福。

•意外

節氣大暑。

過晝，空氣中無一絲仔風，厝內厝外翕熱甲規个人強欲融去。

春米揹八個月的腹肚，坐佇房間外口編竹掃梳，大細粒汗不時對頭殼額仔佮目眉滴落來。春米那無閒編竹掃梳，那捎頷頸彼條面布拭汗。

春米的掃梳用桂竹枝編的，每一支掃梳尾攏斟酌揀掉雜枝仔，幼路的手工慢慢做出名聲，嫁過來一冬較加，庄內人攏知影藍家的大新婦手藝誠好，編出來的掃梳用來掃門口埕堅固閣好用。

頭殼額仔的汗嘈嘈滴，春米一時貪緊想欲共手裡這支掃梳緊做完成，袂赴伸手拭流到目眉的汗，幾粒鹹澀滴入去目睭內引起微微仔的豉（sīnn）疼。仝這个時陣，正蕊目睭皮雄雄搐起來。

「倒蕊跳財，正蕊跳災。」春米心神袂定，偏偏正蕊目睭皮猶是跳無時停。無心閣繼續做工課，規氣停落來伸手輕輕抑目睭皮，微微的搐動透過目睭皮傳到伊的指頭仔，春米心神閣較袂定矣。

這時陣一陣雜亂的跤步聲對門口埕外口傳入來，春米心頭一驚，擲頭看著一个五呎七吋跤兜體格勇壯的少年查埔人尻脊骿揹一个人大伐步傱入來，另外閣有三四个中年人綴佇後壁喙裡毋知咧喝啥。

春米心臟雄雄勼做一毬，規身軀的血衝到頭殼心。

「維仁？」

毋是維仁！絕對毋是維仁！春米出力幌頭。

維仁食過中晝頓講欲去農會一逝，哪有可能是伊？

春米規个頭殼皮齊痳起來，伊一手搭胸坎，一手摸腰勻勻仔徛起來。

「阿伯可能著痧……倒佇田裡毋知偌久，發現時已經……已經袂……赴……」

眾人無閒將人扛起眠床頂，揹伊的少年人規个面脹紅，胸坎大力喘。

是大官，維仁伊阿爸。春米放落心內的大石頭，由悲轉喜，紲落想著死的人是大官隨閣轉悲傷，喝兩聲「阿爸」了就放聲大哭。

觀月佮伊的阿母佇厝後的園仔挽菜豆，聽著哭聲趕過來。昔圓看新婦大聲哭，翁婿直溜溜倒佇眠床頂，心內大驚，身軀敧敧一路蹁(phiân)過去，摸著翁婿冰冷的跤手，一粒心肝袂輸雄雄破一空，想欲哭，哭袂出聲，心一沉、跤一軟，規个人昏倒佇塗跤。

「阿爸……阿母」看著這幕，觀月目屎規綰輾落來，有一種世界佇面頭前雄雄崩去的驚惶佮悲傷。罩霧的目睭前有一个人跔落去扶伊的阿母，彼个面容，彼个看起來淡薄仔面熟的面容……，觀月伸手拭去目屎，看清楚，嘛想起來矣——

是伊！大兄婚禮中對伊頕頭微笑彼个人。

辦好喪事，學校的歇熱已經得欲結束。觀月佮仝庄的方紹堂因為怹阿爸彼場意外熟似起來。

方紹堂幾冬前屏東農專畢業了後，佇嘉義食頭路。彼工歇假轉來，下晡騎車經過觀月怹彼片田，拄好看著怹阿爸昏倒佇田裡毋知偌久矣。

世間的緣份敢毋是命中註定的？紹堂想。天公伯仔安排伊佇觀月的阿兄娶某、阿爸過身這兩个大喜和大悲的日子佮觀月熟似，行入伊的性命。

按呢想的時陣，伊對觀月閣加添一份疼惜。

•初戀

稅厝蹛佇嘉義，紹堂有閒就寫批予觀月。

等批、收批、讀批，成做觀月生活中上大的期待。一張一張的情批拍開觀月青春年少對愛情的思慕。燈下偷偷讀紹堂的批，看伊講伊的工課佮生活，聽伊講伊的思念佮對未來的向望，觀月心內時時刻刻複習這款甜蜜，小心守護著這个秘密。

這个美麗的秘密，伊干那欲留咧講予伊的阿姊觀容聽。

有一擺，紹堂歇假轉來里港，佇觀月會經過的小路等伊。彼條路東爿一大片稻仔田，西爿規排懸懸的斑芝樹。大約等欲誠十分鐘，遠遠看觀月一軀白衫烏裙騎過來。紹堂等伊騎近，雄雄對斑芝樹後面閃出來，觀月跤踏車「吱──」一聲，趕緊擋牢跳落來，心內拄想是佗一个無聊的青仔欉，擧頭看是紹堂，彎彎的目眉佮目睭隨洩漏伊的心思。

「今仔日歇假，專工轉來看妳。」紹堂講。

觀月心內歡喜，伸手共短短的頭毛塞入耳仔後：「鉸一个西瓜皮，有啥物好看的？」

「佇我的目睭內妳按怎攏好看。」紹堂笑笑。

觀月面紅起來，避開紹堂的目睭，越頭看邊仔的水稻，幾隻白鴒鷥佇田岸散步。

紹堂對手裡的紙袋仔提出一个小小的榕仔盆栽，囥佇觀月的手蹄仔。

榕仔的細片葉仔不止仔青翠，充滿性命力，下面的枝骨誠厚，厚甲像一條肥肥短短的番薯。

「栽培幾若冬矣，送予妳。」

觀月捧佇手裡斟酌欣賞，遮爾古錐的榕仔盆栽伊猶是頭一擺看著。

「你種甲遮媠，我驚家己袂曉照顧，萬一……」

「毋免煩惱袂曉照顧，榕仔的性命力誠強，欲種死無遐簡單。」講煞，停一觸久仔，無意無意閣加一句：「以後……以後咱兩人做伙照顧。」

觀月一時聽無意思，擇頭看伊，這擺換紹堂歹勢，伸手抓幾下家己的頭殼，目睭內的笑意溢出來面頂，共面𪐞紅紅。

兩隻白頭殼仔佇斑芝樹頂跳懸跳低，無偌久閣飛一隻來鬥鬧熱，三隻吱吱啾啾半晡了後飛走兩隻，賰的彼隻過一下仔也展翼飛走矣。

高中畢業，觀月考牢北部的私立大學，兄嫂春米共話講明矣，厝內這馬加一个細漢嬰仔，食穿開銷愈大……。

觀月聽出兄嫂話意。會當讀高中是阿兄、阿姊為伊向阿爸爭取來的，如今阿爸已經無在世，厝內大細項代誌攏是兄嫂作主，阿母無法度替伊講話，家己嘛無想欲予大兄維仁為難。喙裡無講，伊心內已經認命斷了讀大學的念頭。

一個月後，觀月引著台南一間冊店的頭路。這間冊店兼賣文具，離車頭無偌遠，店內倩幾若个員工，隨人負責無仝的工課項目。

紹堂下班了後定定對嘉義坐火車到台南車頭，閣對車頭行到觀月上班的所在等伊下班，短短的相會了後才家己坐尾班車轉去嘉義。

無講出喙的愛情佇兩人心內慢慢仔發穎沓沓仔生湠。

十月底，冊店幾个查某囡仔相招墾丁露營。觀月原本欲佮紹堂去嘉義畚箕湖行踏，同事秀菊、麗櫻、千惠相爭鼓舞伊做伙去，講墾丁的海水誠藍雲誠婧暗暝的海邊誠迷人。

「無要緊，這擺妳參同事做伙去，咱以後機會猶誠濟。」紹堂講。

去墾丁露營負責駛車的是留奧黛麗赫本頭個性誠豪爽的秀菊。

秀菊大觀月足足十二歲，抱著無想欲予婚姻束縛的觀念，趁來的錢全部家己自由支配，是同事間罕得有的有車階級。觀月看秀菊駛車的架勢充滿自信，一點仔都無輸查埔人，心內暗暗佩服。

一路上，觀月目賙看車窗外，心內想紹堂，感覺恆春袂輸佇天邊海角，駛足久駛袂到位。

一路駛到墾丁，親像已經過一世紀。秀菊選好地點，跤手猛掠共布棚搭好勢。暗頓食煞，夜色真緊罩落來。四个查某囡仔坐佇布棚邊的低椅仔開講，頭殼頂天星閃爍，耳空邊海湧一波閣一波。愈暗風愈強，後面彼排麻黃仔予風吹甲烏白舞，若像頭毛散飀飀的痟鬼仔。

海風酸冷，四个人寒甲起交懍恂。看布棚予風搧甲大力幌，觀月心驚驚，畏畏問：「風遮透，咱的布棚敢會予搧倒去？」

秀菊豪氣講：「安啦！落山風吹袂倒恁菊姊仔搭的布棚！」

才講無幾分鐘，「喀拉」一聲，規个布棚予風偃偃倒。四个查某囡仔驚叫一聲對椅頭仔趒起來，從過去四雙跤八肢手無閒咧搶救。

天頂猶原星光點點，四个人已經無心情欣賞。無偌遠彼頂青色布棚外口的歌聲、吉他聲雄雄停落來，幾个二十五、六歲的少年人走過來探看。

「哇！營釘斷去矣！」講的人翻頭走轉去怹的布棚內底提預備(iō-bih)的營釘過來鬥相共，無偌久布棚又閣搭起來矣。

這幾个少年人誠拄好也對台南來，同鄉的親切感摸近怹的距離，初熟似的一陣人圍坐佇布棚外口開講，有人彈起吉他，是鳳飛飛唱的「重逢」。

人生何處不相逢，相逢猶如在夢中
你在另個夢中把我忘記，偏偏今宵又相逢

觀月看向海面綴旋律輕輕唱。這條歌炤堂唱過幾若擺，低低的喉音充滿感情，現此時聽著這條歌，袂輸紹堂就佇伊的身軀邊。

歌曲彈煞，彈吉他彼个人坐過來觀月身邊。

「嗨，我叫陳雅正，文雅的雅，正人君子的正。」講了家己先笑出來。

觀月笑笑對伊頷頭。更深露重，海邊青春的笑聲話語慢慢收束，夜漸漸恬靜落來。觀月隨秀菊三人鑽入布棚，紹堂的形影像一粒流星佇伊心內輕輕劃過。

•

聖誕節進前一個偌月，冊店全面進入備戰狀態，一批一批的聖誕卡、賀年片、相關周邊的產品陸續到貨。觀月因為時常需要加班，吩咐紹堂這段期間盡量莫來冊店揣伊。

一工加班煞，觀月行出冊店的亭仔跤緊步行，聽著後面有人叫一聲「藍小姐」，觀月無意識著是咧叫伊，頭犁犁繼續行，彼个人閣叫一聲，伴隨著跤步聲逐過來。

觀月擛頭，一个掛金框目鏡穿白 siat tsuh、深藍西裝褲、深藍毛料袡仔，看起來誠斯文款的查埔人逐到伊身邊對伊笑。

「藍小姐袂認得我矣？我是陳雅正。」

陳雅正？

觀月慢慢仔想起來矣，墾丁彼暝彈吉他紹介家己文雅閣是正人君子彼个人。

「拄下班？哪會遮晏？」

「最近加班。這站仔是大月，聖誕節過了元旦隨閣到，人客攏集中佇這幾禮拜。」

「公司生理好，員工就加誠辛苦囉！」陳雅正講。

「辛苦是袂啦！頭家對阮遮的員工攏誠照顧，大月時仔加做寡嘛是應該的。」

雅正呵咾伊：「妳毋那是公司的好員工，將來相信嘛一定是好新婦。」

觀月笑笑無應，兩人那行那講話。雄雄攑頭看公車已經駛來，觀月「啊」一聲趕緊跁起跤走，猶未走到位，公車司機看站牌跤無人等車，連放慢速度都無就做伊駛走矣。觀月停落跤步，目睭金金看公車駛走。

雅正逐過來，喘氣笑講：「妳以早一定是走標的選手。」

觀月無心講笑，目眉睞(kheh)倚來：「這班是尾班車矣」

「誠歹勢，是我佮妳講話耽誤著妳。無……我送妳轉去？」

觀月躊躇。論真講佮這个人猶無算誠熟似……。

看頭前變青燈，陳雅正無等觀月應，手共牽咧趕緊行過大路。

觀月心內淡薄仔戒備，共手抽轉來，問：「你的Oo-tóo-bái停佇佗？」雅正手指頭前：「佇遐，得欲到矣。」經過一間牛肉麵老店，雅正佇麵店的圍牆仔邊停落來，對西裝褲橐袋仔擇出鎖匙拍開一台深藍色的寶獅進口轎車。

觀月憢疑問：「你毋是講你騎Oo-tóo-bái？」雅正笑應：「彼是妳講的，我無按呢講。」

觀月又閣躊躇矣。佮面前這个人第二擺見面爾爾，坐轎車定著比坐Oo-tóo-bái閣較危險……。想到遮，觀月面色一變，對雅正講「我猶是家己轉去就好」講煞越頭就行。雅正愣佇遐，對伊的背影喊：「遮爾晏矣，妳一个查某囡仔佇路裡行危險啦，萬一搪著歹人欲按怎？」觀月一聽停落跤步，越頭應：「我哪知影你是毋是就是彼个歹人？」雅正笑出來：「我看起來敢有成歹人？」看觀月面色頂真，笑容收起來正經講：「彼日佇墾丁我對妳有好印象，這馬只是向望會當佮妳做朋友爾爾，無其他歹意。」

觀月聽伊提起墾丁，閣一擺想起彼个頭殼頂滿天星、布棚予風搧倒的暗暝佮彼條好聽的歌曲，考慮幾秒鐘了後，徙動跤步行向彼台車。

雅正發動引擎，音樂摒落，車順順仔開出巷口。十二月的冷風關佇車窗外，觀月恬恬看街路邊一路倒退的看板佮面前的青紅燈，想起故鄉里港的阿母佮阿兄，嘛想著家己佇繁華的台南府城上班已經將近半冬。

聖誕節拄過，觀月下班了後轉去到稅厝的公寓，看信箱內底一張批，是紹堂寄來的。

「觀月：

足濟日無看著妳，誠思念。

頂一站仔妳的公司大月，知影妳真無閒，毋敢去攪擾；這站仔煞換我開始無閒矣。

最近佮意著一條叫「月光小夜曲」的歌，想妳的時陣唱，唱的時陣想著妳。是因為伊的歌詞？伊的旋律？抑是因為歌名佮妳的名仝款有一字月呢？

有一件代誌我恨袂得趕緊共妳講，毋過我又閣誠想欲親目看妳歡喜的表情。所以……請允我暫時保密，等見面才予妳知。

今仔日公司來一个新進人員，嘛是咱里港人，佮你仝款姓藍的一个查某囡仔；看著伊，我對妳的思念愈深矣……。期待咱後一擺的見面。

紹堂」

是啥物代誌恨袂得趕緊講？最近過頭無閒，紹堂的批已經三張無回矣。

觀月心內感覺對紹堂誠袂得過，提起紙筆坐佇桌前共伊回批。寫無幾逝，有人揤電鈴。

是陳雅正。

「拄才去冊店揣妳，知影妳今仔日無加班。我遮有兩張《魂斷藍橋》的電影票，今仔日最後一日，無看就拍損矣。」

「我……」

「緊落來，我等妳，七點開始搬演。」講煞，陳雅正掛斷對講機。

觀月擲手看一下手錶，已經六點四十分矣，無時間躊躇，伊共批紙收入屜仔緊步行落樓跤。

• 錯過

十二月三十。紹堂向公司請一工假。

佇家己生日這工，伊拍算騎這台新買的野狼 125 去揣觀月。

對嘉義到台南，七十外公里路。沿途冷風若劍，紹堂搢(tsìnn)風騎佇縱貫路，水上、後壁、新營、柳營、官田、善化、新市……，遠遠的路途佇車輪跤一公里一公里摸近。

一路騎過永康，進入六甲頂，經過公園，遠遠看著台南火車站，紹堂的車速才沓沓仔放慢落來。

徛佇冊店隔壁的柱仔邊等點偌鐘，一直到中晝十二點，紹堂看著觀月行出冊店，拄歡喜欲騎伊這台野狼一二五飄撇現身，停佇店口彼台藍色轎車的車窗絞落來，駕駛座的查埔人身軀攲過來向觀月擛手。

紹堂看觀月頓蹬幾秒鐘後，慢慢行向彼台車，徛佇車外對彼个人搖頭，幾句話了後閣輕輕頷頭，開門坐入去車裡。

車門碰一聲關起來的同時，紹堂規粒心肝也予震疼矣。

踅落想欲逐過去問清楚的衝動，紹堂徛佇遐規晡久，毋願相信觀月佇遮爾短的時間感情就已經轉向。

敢講伊一直無回批是因為這个人？

青紅燈第十擺變燈的同時，紹堂伸手拭掉碼錶頂懸的塗沙粉仔，發動引擎，入檔仔，越頭看一目冊店的看板，油門一催，對來時的路騎轉去。

若像消失去仝款，紹堂無閣寫批來，也無閣出現佇冊店。觀月歇假日轉去里港，刁工踅過怹兜嘛無看伊的人影。附近彼條路的班芝花已經閣紅紅落甲規塗跤，觀月想起紹堂佇班芝樹跤送伊的細欉榕仔栽。彼欉榕仔栽伊一開始真用心照顧，一日看幾若擺，按怎看按怎媠。後來無閒，漸漸無遐爾囥佇心內，袂輸這欉榕仔的媠佮存在是一層誠理所當然的代誌。

觀月的心揻絚起來。想著猶未共紹堂回批，拍開屜仔提出頂擺去看電影無寫完彼張批紙。

「紹堂：

大月已經結束，這馬總算會當好好仔歇喘一下。

頂擺你講過欲共我講一件代誌，予我驚喜的一件代誌。我想誠久，可惜無夠巧，臆袂出來，希望真緊會當聽你親喙對我講。

蹛佇遮愈久，愈感受著這搭的媠。遮和里港是完全無仝款的氣味，我愛咱的故鄉，嘛愈來愈佮意台南這个所在……。」

紹堂坐佇垂楊路彼間稅厝的閣樓看觀月的批，一字一字，一句一句。外面無偌遠的所在是嘉義有名的文化路夜市。紹堂逐擺對窗仔口看出去，攏向望有一工焉觀月來踅這條長長的夜市，食蜜豆冰、小籠包……，抑是去食噴水圓環有名的火雞肉飯。

想著遮，紹堂心酸起來。觀月批裡講愈來愈佮意台南，敢是因為遐有伊佮意的人？是彼工駛車載伊彼个？若按呢，佮彼台進口車比起來，家己這台新野狼會當帶予伊啥物驚喜呢？

紹堂吐一个大氣倒落眠床，將批扻佇面頂。觀月想欲知影的代誌已經無意義，家己是永遠袂共講這个無可能帶予伊驚喜的好消息矣。

•

四月清明，觀月回鄉培墓祭祖。

連紲落幾若日的雨，難得這工淡薄仔出日頭。觀月看伊的阿爸墓地四箍籬仔發規片野草，心內一種講袂出的悲涼。維仁維義草鍥仔攑咧大伐步就爬起去墓埔除草。

觀容、觀月兩姊妹隨人攑一支掃梳，揹著家己的心事恬恬掃墓前的焦枝落葉。

觀容佮紡織廠的男同事交往冬半，對方厝裡已經請人來提親，嘛看好日子後個月訂婚，八月完婚。自伊阿爸過身了後，阿母的身體一工比一工穤，觀容放袂落心，對這層婚事自然歡喜袂起來。

觀月想起阿爸過身彼工，伊佇目睭罩茫霧之中認出有一面之緣的紹堂。這个大伊七歲的查埔人予伊精神上偌爾大的倚靠，只是……，來無張持，去無相辭，是按怎共伊囥佇心肝內了後伊煞恬恬來離開？

整理好墓地，維仁共紮去的兩束花分別插佇墓碑兩爿的花矸內。

觀月心思浮浮沉沉，想過去想這馬想未來，忽然間聽著阿嫂春米大喝一聲，原來是兩歲的侄仔育笙趒趒跳跳踏起去邊仔一个無主的小墓碑。育笙愣佇遐毋知影是按怎夆罵，春米共搜(tsang)過來出力搧一下伊的尻川賴，育笙隨覕喙目屎含佇目箍轉踅。維仁停落拆銀紙的手勻勻仔講：「囡仔毋捌這款世俗禁忌，咱愛先講予伊知，無需要一出手就欲拍……」話猶未講煞，春米應：「你莫遮爾囝甘，我教囡仔敢會較輸你這个做老爸的？」維仁欲應，話到喙邊閣吞落去。

昔圓擛頭看一下後生新婦，又向落去恬恬拆幾張銀紙。

觀月輕輕共育笙摸倚來，伊小小身軀共這个阿姑攬牢牢，癮喙看過逐家，無偌久忍袂牢喙開開大聲哮出來。

八月中秋，雅正悉觀月轉去見伊的爸母。

車駛過後火車頭，雅正停佇附近彼間大學對面巷仔的圍牆仔邊。巷口矗一塊路牌仔，標示「胭脂巷」三字。

「對這條巷仔入去，盡磅彼間就是阮兜。」

「聽講早期阮這條巷仔每一戶人家的婦女若是蹛佇遮有身的，生出來的八九成攏是查某囝。查某囡仔大漢愛媠，愛畫粧，所以巷仔內的空氣中不時有淡薄仔胭脂水粉的芳味。聽老一輩講，胭脂巷這个名稱嘛是形容阮這條巷仔有誠濟媠查某囡仔的意思……」看觀月斟酌咧相彼塊路牌仔，雅正笑笑講。

像聽一个美麗閣心適的故事，觀月擛頭看雅正，目睭微微仝笑意。

「歡迎來到胭脂巷。」雅正牽起伊的手。

踏入大門進前，雅正放開觀月的手，收起面頂的笑容。

大大的客廳，雅正的小妹坐佇米色的膨椅，大腿崁一條玫瑰紅的絲絨毯仔，鉸到耳仔齊的頭毛看起來像學生，圓圓的面透濫一絲仔無正常的死白。雅正的媽媽坐佇怹小妹身軀邊，米色套裝穿佇伊福泰的身軀，配上面頂薄薄的妝佮大捲的法拉頭，予人一種貴氣的感覺。伊高長(tshiâng)大漢看起來誠威嚴的爸爸客氣對怹頷一下頭，無偌久就行起去二樓。

頭一擺的見面，過程無到半點鐘，雅正就𤆬觀月離開怹兜，直接來到安平海邊。黃昏的安平港停靠幾若隻漁船仔，得欲落山的日頭共天邊染紅，照佇海面像掖落一重一重厚厚的金粉，美麗的景致予觀月真緊就袂記得拄才佇雅正怹兜彼種袂曉形容、歹喘氣的感覺。

夜幕漸漸罩落來，天邊的月娘圓閣大。細漢聽大人講八月月圓的時，會當看著玉兔舂藥抑是吳剛剉樹的影，觀月擇頭看，啥物都無看著，干那想著偷食靈藥飛向廣寒宮彼个嫦娥。

一陣海風吹來，觀月起畏寒拍一个交懍恂，雅正伸手共攬倚，月娘掛佇天頂，月光照佇海面，世界恬靜落來，只賰怹兩人的心跳。

徙位。像一粒石頭擲入平靜的湖心，紹堂佮雅正兩个人佇觀月的生活中恬恬仔換

•選擇

隔轉年冬節進前，雅正向觀月求婚。

「好額人新婦的飯碗歹捧，妳著想予清楚。」觀月的阿母昔圓講。

「有錢無錢攏無要緊，會當幸福、翁婿會好好仔寶惜妳上重要。」兄姊按呢講。

觀月想起紹堂，彼个捌寶惜過伊，後來煞無聲無説行出伊性命的查埔人。

世間有啥物是永遠的？今仔日的快樂無定著隨予明仔載的悲傷取代，像雄雄過身的阿爸、像彼盆本底誠青翠這馬煞無緣無故落葉仔的細欉榕仔栽。

心肝內，觀月猶原暗暗期待有一日雄雄越頭會閣看著紹堂喙角一絲仔淺淺的笑出現佇伊面前，像佇阿兄的婚禮中彼款樣。

一擺閣一擺的越頭，換來一遍閣一遍的失落。

觀月毋知影家己猶咧等待啥物？是按怎到這个時陣猶放袂落？浮浮踏袂牢地的稀微，伊想欲有一个會當予家己的心安定落來、屬於家己的家庭。

正月元宵拄過，媒人來提親。

「男方這面是希望訂婚佮結婚做一擺辦較省事。」媒人講。

觀月的阿母昔圓無意見，兄嫂春米想想咧，也無反對。

「關於聘金……」

「聘金阮無欲收，只向望親家親姆會當好好疼惜阮阿月仔……」昔圓講。

「無啱，阿母……」春米一聽急欲插話，媒人趕緊接紲落：

「按呢上好，男方彼面有講，假使恁細膩無收聘金，按呢恁這面嫁過來嘛毋免佮嫁妝。」

春米面色無偌好看。阿母是食老頭殼無清楚矣？查某囝誠無簡單飼甲遮大漢，食厝裡偌濟米，開厝裡偌濟錢，聘金哪會使無收？

「我的查某囝的婚事，這項我猶有法度替伊做主。」昔圓的話講了無算輕嘛無算重，無算軟嘛無算硬，卻是伊這世人第一擺遮爾堅持。

「嫁入人兜，愛好好侍候大家官，友孝怹就親像友孝妳家己的阿爸阿母仝款。」

「阿母別項無所求，只望妳嫁過去得人疼……」昔圓按呢共查某囝講。

婚事講定，日子選佇八月秋分氣溫漸漸轉涼時。

觀月再三躊躇，猶是提筆寫批予紹堂：「我欲結婚矣……」

紹堂真緊就回批：「恭喜！是駛寶獅轎車彼位先生？祝妳幸福！」

駛寶獅轎車彼位先生？觀月共批看過一百遍、一千遍，心肝像破一空，冷風對彼个空喙灌入來，每看一擺，心肝抽疼一擺。

出嫁彼日，育笙捀一个茶盤佇門口埕聽候新娘車來，結佇頷頸的紅色啾啾予伊感覺誠礙虐，幾若擺欲溜旋攏予春米�(tsang)轉來。總算新娘車駛到位，雅正落車捀過茶笑笑共育笙的頭挲挲咧，予伊一个紅包。任務完成，育笙共茶盤抹予邊仔的大人就跁起跤走矣。

結婚儀式完成了後，新娘車慢慢仔起行，昔圓捀一盆清水潑佇新娘車後壁，水潑出去的同時，昔圓的目屎恬恬流落來。隨著新娘車慢慢駛離開，觀月將手裡的葵扇擲出車窗外。

此去，是潑出去的水，炮仔聲送走的，是從今以後的觀月。未來是好是穤，攏是家己選擇的人生。

• 巷內人生

行入陳家，巷內胭脂水粉的美麗傳説猶佇觀月耳空邊，小姑芯願的怨佮妒煞成做伊醒袂過來的一場惡夢。

五〇年代的小兒痳痺大流行，陳家仙想嘛想袂到您上疼愛的查某囝阿願會閃無過這个災厄帶（tai）著小兒痳痺。芯願的媽媽羅秀治滿心虧欠佮遺憾，恨袂得會當為苦難的查某囝遮去人生所有的風雨。毋甘查某囝喝疼流目屎，伊放棄芯願的手術佮復健，事事項項順伊的意，包容伊隨時夯起的性地。年深月久，芯願跤手漸漸萎去。無力的跤手、被束縛的人生，芯願會當掌握的，只賰家己的喙舌。這支尖尖利利的喙舌不時割傷伊的爸母兄姊，總是，您用上大的耐心佮愛去包容。

等到大兄娶某，無血緣的兄嫂成做伊發洩滿腹怨慼的出口。

「新婦閣按怎講嘛是外人。」

「恁哪知影伊對恁是真心抑是假意？」

「有影是見笑代，嫁過來也無半項嫁妝，實在予咱陳家誠無面子。」

伊用淺隘的腹腸看待入門的阿嫂，時常對伊的爸母按呢講。這款話講久慢慢發生作用，大家官對觀月的態度漸漸冷淡。

面對觀月的委屈，雅正建議：「妳規氣頭路辭辭咧全心照顧阿願佮這个家，相信會感動阿願，爸爸媽媽嘛會誠感謝妳對這个家庭的付出……」。

觀月順從翁婿的建議，辭去冊店的頭路，向望小姑佮大家官會當感受伊的好，真心接納伊。

陳家千斤萬斤重的擔頭自彼時陣起無聲無説硩落伊的肩胛頭。

往事綿長一目矚，觀月向頭看著彼盤九層粿猶捀佇手裡，趕緊整理好家己的心情行向客廳。

結婚周年彼暝，款好厝內大細項代誌，雅正悉觀月去看暗場電影。

觀月無心劇情，規个心內干那予這種偷來的幸福窒滇滇。結婚了後家己像干樂全款轉無時停，和雅正一日講無幾句話，有時甚至感覺雅正離伊愈來愈遠。

只有這个時陣，雅正是屬於伊的。

電影散場行出戲院，秋風微涼，雅正牽伊的手恬恬行佇夜暗的街路。觀月擽頭看身軀邊的翁婿，親像倒轉去結婚前。伊放慢跤步，向望時間會當永遠停佇這个時陣。

斡入靜巷，開門行入客廳，規間厝的電火開甲光焱焱，大家官佮芯願攏佇客廳面腔誠歹看，看起來袂輸烏雲密布的天頂強欲摒一陣大雨仝款。

「無——恁兩个無講無咀出去是趖去佗位毋知通轉來？」芯願先開喙，審問的口氣袂輸伊才是這間厝的主人。

無講無咀？雅正佇心內嘆一口氣。先予阿願知敢猶有法度兩人做伙出門？佗一擺伊毋是百般阻擋？

「我悉觀月去看電影。」雅正講。

「喔，看電影？誠浪漫嘛！」芯願目尾捽(sut)過觀月。

「今仔日是阮結婚周年。」雅正簡單應，無想欲閣佇這个話題轉踅。

「結婚周年是閣按怎？足了不起？」芯願激動起來：「觀月應該留佇厝……」

「觀月？觀月是妳的阿嫂，妳愛叫伊一聲阿嫂才著！」

「我才無愛，伊是外人，毋是咱兜的人……」芯願大聲喝咻起來。

觀月心肝像予針搣著。嫁入陳家一冬矣，毋管做偌濟、做偌好，小姑毋捌予伊好面色過，閣較免講叫伊一聲阿嫂，伊確實感覺家己袂輸是外人。

「好矣好矣，遮晏矣，按呢大細聲喝是欲予厝邊隔壁笑是毋？觀月妳做人新婦嘛著較有女德咧，厝放咧毋顧走去看電影是成啥物體統……」觀月的大家總算出聲，卻是徛佇查某囝這面來責備新婦。

雅正無欲閣講話，越頭做伊跙上三樓，行到房間口跤步停落來，徛佇遐一觸久仔，才翻頭閣落來客廳。

「阿願，來去睏矣。」雅正聲調放軟，向落身軀出力共芯願抱起來，跤步沉重抱入去芯願房間。觀月綴入去，和每一日仝款，鬥相共將眠床、枕頭佮薄被鋪好勢，服侍芯願倒落來。

聽兩人輕輕關門出去，芯願心內有講袂出的怨。

「彼个外人憑啥物遮爾簡單就搶走我的阿兄？憑啥物以後就代替阮媽媽的地位

做阮兜的女主人？天公伯仔哪會遮無公平，予我這个破相的身軀？清彩一个草地查某攏會當嫁一个好翁，啊我咧？我啥物都無，啥物攏免夢想……」芯願目箍紅起來：「這世人……這世人毋免向望我會接受伊！」

雅正倒佇眠床，心肝像予一塊大石頭硩咧。伊知影身軀邊的觀月猶未睏，知影伊滿腹委屈，嘛知影伊咧等待伊開喙，毋過伊忝甲無想欲講話，彼種忝對心肝內湠出來，湠到規身軀，湠到伊的神經甚至湠入伊的骨頭。小妹予身軀的殘缺束縛牢，遮濟冬來規家伙仔敢毋是也予伊的情緒縛牢咧？仝款帶（tài）小兒痲痺的高中同學阿輝，無向命運向頭，認真活出伊的人生，這馬毋那是檢察官，嘛是學校的義工，小妹阿願卻是早早就放棄家己……。想到遮，雅正滿心遺憾；大漢了後才漸漸了解，先放棄的是家己的爸母，怹用錯誤的方式愛阿願，煞顛倒害著伊。伊一直毋敢問爸母敢捌後悔過當初放棄予阿願開刀、放棄予伊復健的決定？

話講倒轉來，人的一生有偌濟決定是袂後悔的？

觀月佇烏暗中目睭金金恬恬看天篷的吊燈，想起結婚前伊的阿母對伊講的話：「嫁入人兜，愛好好奉待大家官、友愛小姑小叔……」、「阿母別項無所求，只望妳嫁過去得人疼。」

得人疼？觀月的心幽幽仔酸疼起來。

踏入這个家，厝內所有該做的攏做矣，逐工替減家己兩歲的小姑洗面洗身軀、穿衫換衫、甚至處理伊逐個月的月事。以家己無到百六公分的身懸欲抱差不多身材的小姑出入浴間是誠忝頭的一項工課，毋過伊從來毋捌有半句怨言，真正予伊心內怨嘆的是小姑仇恨的態度。伊無法度理解小姑對伊講出喙的每一句話是按怎攏刺夯遐爾傷人。佇大家官目睭內，伊所做的一切攏親像遐爾理所當然，翁婿雅正佇厝內話也愈來愈少。生活佇這个家庭，伊感覺誠孤單。

身軀邊雅正已經睏落眠，觀月想起有一日對雅正講：「誠久無聽你彈吉他矣。」有影是誠久矣，結婚了後就毋捌看伊閣擗彼支吉他。雅正彼日心情袂穤，行入房間揣出吉他就坐佇窗仔邊彈唱。西照日的日頭光照佇伊專心彈吉他的面，觀月看甲戇神去，親像倒轉去彼个初熟似的暗暝。毋知過偌久，雄雄聽著樓跤的喝咻，雅正像突然間醒過來，彈吉他弦仔的手停佇半空中。

「觀月！藍——觀——月！」聽著芯願大細聲叫，觀月趕緊開門從落去樓跤。

「妳是臭耳聾是無？叫規晡久叫袂應。」芯願坐佇客廳一个面膨獅獅，聲音崁過面前開規日的電視聲。

「歹勢阿願，我……我無聽著。」

「無聽著？喝遮大聲會無聽著？我看妳明明是刁故意……」

「無啦！毋是按呢，我真正是無聽著，我……」觀月著急欲解說。

「妳免閣講矣，我心內知知……」

「知啥物？」聽著雅正的聲，兩人越頭，看雅正手擰吉他徛佇樓梯頭。

「你問伊啊！」芯願目睭若利箭射向觀月。

雅正吐一个大氣行過來：「阿願，妳敢有必要按呢？伝阿嫂遮爾盡心照顧妳，無半句怨言，妳敢袂當對伊較……」

「伊三點半愛幫我洗身軀，你知影這馬幾點矣無？三點三十五，已經過五分鐘矣！」

「洗身軀敢有精差這幾分鐘？阿兄拄才彈吉他，房間門關咧無聽著妳咧叫，恁阿嫂也已經共妳會失禮，妳敢有必要刁故意按呢揣麻煩對伊使性地？」

「你攏為伊講話！你逐擺攏為伊講話！」芯願大聲嚷起來，罕得曝日頭白死殺的面因為激動漲甲紅絳絳。

「是妳家己無講理。大人大種矣毋是囡仔，猶不時遮爾番……」雅正硬砦牢心內滾絞的情緒。

聽著兄哥按呢講，芯願放聲大哭：「自從伊入來咱兜你就毋是我的阿兄矣。我討厭伊！恁……恁兩个上好離婚啦！」

「妳講彼啥物話？」雅正頷頸根浮起來，手攑懸停佇半空中兩三秒鐘閣放落來，越頭看著樓梯邊彼支吉他，大伐步行過捎起來就出力對大理石樓梯摔去。

觀月袂赴共擋，目睭金金看吉他佇伊的面頭前斷做兩節。

觀月無法度袂記彼時大家官對二樓落來看著這幕的反應。

「你起痟矣是無？按呢對待你的小妹？」大家大聲喝伊的後生。

「恁敢知影伊講啥物話？」

「伊是你的小妹，毋管伊講啥物話、做啥物代誌，你攏愛讓伊，袂使和伊冤……」

「我已經照妳的意思揣一个溫純、聽話、會好好照顧阿願的查某囡仔來做妳的新婦矣，恁猶想欲按怎？這敢毋是妳想欲的？」雅正喉管滇起來。

觀月雄雄一陣烏暗眩。雅正娶伊干那是因為伊溫純聽話會好好仔來照顧伊的小妹？彼場驚天動地的冤家量債落尾佇大家血壓衝懸心臟抽疼，雅正翁某兩人趕緊向小姑認錯會失禮當中收煞。

隔轉工，陳家倩人來芯願佮觀月的房間裝一个相通的電鈴，隨時響起的叮咚聲成做觀月生活的一部分。日時雅正的阿姊美淑三不五時會過來鬥跤手，暗暝拄著芯願喙焦欲啉茶、欲上便所、甚至予蠓仔叮著欲扒癢……，指頭仔一揤，起床替伊解決所有的問題攏成做觀月的日常工課。拄著天氣冷，慢幾秒鐘褸出燒沸沸的被空，芯願的不滿隨像亂箭射出：「無……妳是睏死矣是無？」

精神上的折磨佮體力上的透支，觀月倒佇眠床定定希望家己睏去了後永遠莫閣醒過來。

兩冬後，後生俊生出世。月內拄做煞，除了原本的工課，觀月加一个嬰仔需要照顧，無閒甲就算有四肢手兩雙跤嘛舞袂來。

只有大姑仔美淑過來的時陣伊才有淡薄仔歇喘的機會。

芯願不時呵咾阿姊美淑好命：無佮大家官蹛做伙、翁婿毋那會鬥煮飯洗碗閣袂管伊開錢、不時和朋友伴做伙去啉下晡茶去餐廳食飯、隨時想欲轉來外頭厝就轉來……。

「阮阿姊實在有影好命底，毋免侍候兩个老的，姊夫閣足體貼，啥物攏聽伊的。查某人啊！欲嫁就愛嫁像這款的。」芯願想著就共遮的話提出來品予觀月聽。

觀月聽入耳空內，心內有講袂出的欣羨佮感慨。

菜市仔入口新來一个賣花的阿婆，花的種類無濟，種佇紅色的塑膠盆仔內底，簡單幾盆排佇塗跤就按呢賣起來，看的人無濟，買的人愈少。

一日觀月經過，行幾步，想想咧閣翻頭去共買兩盆，想袂到轉去到厝煞予大家佮小姑罵甲走無路。

「食飽傷閒毋才去買花，嫌錢傷濟無地開？」大家看著先開喙罵。

「這無偌濟錢呢，一盆八十，兩盆才百五箍……。」想袂到才買兩盆花會惹大家遮受氣，觀月趕緊解說清楚。

「百五箍就毋是錢？講著妳……實在有夠無女德，一點仔都袂勤儉！」小姑無等伊講煞，插喙接紲落去罵。

彼日了後，對買花這層代誌，小姑想著一擺就罵一擺，大家看著一擺也罵一擺，觀月只好共花徙去牆仔角上無明顯的所在。無照著日頭的花欉色緻漸漸失去光彩，一個外月後兩盆花陸續蔫去。

俊生度晬三個月後，觀容傳來外頭厝老母中風的消息。

觀月心悶閣著急，兩姊妹相招隔工轉去看他阿母。

芯願一知影隨出聲反對：「妳若轉去，啥人替妳顧囡仔？」

「我會當悉俊生坐火車轉去。」

「妳講了輕鬆，悉俊生仔坐火車？囡仔若佇半中途出啥物差錯抑是予恁老母煞著欲按怎？」

「若無……予伊留踮厝裡，俊生仔誠乖，袂吵鬧，我明仔早起轉去，下晡隨轉來。」

「家己的囝家己顧！妳莫想講囡仔欲擲踮厝裡予阮媽媽顧，阮阿兄著愛上班，嘛無可能替妳顧。」

觀月知影小姑只是揣空揣縫擋無欲予轉去，心內有講袂出的哀怨，一句「阿願妳心肝哪會遮爾硬？」輾到嚨喉閣吞倒轉去。

一擺閣一擺的吞忍，伊感覺家己已經漸漸失去自我。

彼暗，厝內工課無閒煞，觀月出去敲公共電話予阿姊觀容。

觀容恬靜幾秒鐘後出聲安慰伊：「無要緊，妳無方便轉去莫勉強。」

聽著這句話，觀月的目屎無聲輾落來。

哪會知影踏入陳家，轉去外頭厝的路變甲遐爾遠？

掛斷電話，觀月徛佇公共電話邊無想欲徙開跤步。自從有一擺佇客廳聽電話，芯願刁故意踮邊仔哲哲唸：「這個月電話錢又閣增加矣，毋知攏是佗一个人咧長舌？」觀月就無願意閣佇厝內敲電話矣。伊一向誠少講電話，知影小姑只是藉題發揮。伊想起有一工心情誠穤，趁出門辦代誌的時敲公共電話予一个朋友敨放鬱卒的心情，鬧熱的街市路邊來往車輛濟閣吵，伊將電話貼佇耳仔邊猶是聽袂清楚朋友的話，只好不時請對方閣講一遍，這予後壁等欲敲電話的查埔人起性地雄雄開喙罵：「恁娘咧！是講煞未？」伊驚一趒袂赴和朋友閣講半句隨掛斷電話慌狂離開。想家己竟然狼狽到連敲一通電話都予生份人罵，轉去厝的途中伊一路騎車一路哮，目屎予風吹焦閣澹去。

•願望

俊生四歲開始上幼兒園彼年，觀月的小叔清崧對北部的銀行調轉來台南分行，佇彼年的年底結婚。

過無偌久，小嬸麗玲吵欲搬出去。有一日大官破病入院，觀月佇病院無暝無日看顧，規間厝逐家無閒頤頤的時陣，小叔翁某趁這个機會搬離開厝。

「有夠逆天！」

「無情無義，無血無目屎。」

「既然做遮絕，以後不准個兩个閣踏入咱陳家一步。」

大家官佮小姑芯願咬牙切齒按呢講。

觀月毋敢相信小叔小嬸會做出這款代誌，另外一方面卻是暗暗欣羨個有屬於家己的生活空間。

一冬後，清崧佮麗玲兩翁某提一篋(kheh)仔富士蘋果禮盒轉來。

觀月的大家官佮小姑喙笑目笑，呵咾恁有夠友孝；像迎接遠途來的貴賓仝款，吩咐觀月趕緊去攢一桌飯菜。

排油煙機轟轟叫的聲音崁袂過客廳傳來的笑聲話語，觀月徛佇灶跤，想家己對恁無暝無日的照顧猶較輸趁大官入院越頭做恁離開閃甲遠遠的小叔小嬸，講袂出的心酸佇腹內絞滾。

有影是「近近相礙目，遠遠刣雞鵤。」啊！觀月心內怨嘆。

彼工了後，觀月開始向望佮雅正也有搬出去的一日。這个想法佮期待予伊對未來的人生充滿希望，做工課的時陣有時會無意中哼唱出歌曲。

掩崁袂牢的快樂看佇芯願目睭內有講袂出的刺鑿。

「起神經！」芯願不時反白仁罵伊。

觀月笑笑。

伊毋知影家己是按怎笑會出來？無定著這幾冬來已經慣勢芯願酸冷的話語，嘛無定著認為這種日子袂閣偌久，等以後搬出去蹛，就會當脫離這種折磨矣。

正月元宵，拄好是假日，雅正拍算悉規家伙仔出門去行行趖趖順紲看花燈。倚晝，觀月的大姑仔美淑一家伙三人駛車過來會合。出門進前，芯願煞雄雄講：「我無欲去！」

逐家一聽齊愣去。已經共輪椅挾出門口的阿姊美淑越頭過來：「是按怎又閣無欲去矣？來啦阿願，出來曝一下仔日頭嘛好。」

「無愛啦！我無愛去。」芯願幌頭。

「妳無去阮逐家袂放心放妳家己一人佇厝……」雅正講。

「欲去做恁去！毋免管我的死活！」芯願歹聲嗽。

「阿姑妳逐擺攏按呢，來啦……」俊生走過去牽伀阿姑的手。

「吼唷……閃啦！」芯願受氣喝一聲，俊生倒退幾若步，越頭無辜看伊的爸母。

觀月行過去共俊生牽過來，對逐家講：「無要緊，恁去就好，我留落來陪阿願。」

歐式大門「碰」一聲關起來的時，規厝間的人聲一目躡消失佇門縫，賰壁頂時鐘咧行的聲音。

芯願無半點表情對觀月講：「妳毋免想講按呢我就會感謝妳。」

「袂啦阿願，我無按呢想。」觀月應。伊無向望小姑感謝，仝款的劇情佇厝裡已經搬演幾若遍，伊知影芯願慣勢藉無欲出門來纏絆伊的跤步，當伊發覺逐家的目賙攏看向伊的時陣，伊學會曉掠人的目色自動退出，每一擺，伊攏是註該留踮厝內陪小姑彼个人。

觀月想起伊的阿姊觀容對伊講過的話：「阿月仔，閣較按怎妳嘛無應該是這款命啊！」

這款運命是伊佮阿姊觀容的秘密，伊的阿母永遠毋知影的秘密。

「阿月仔上班、顧囡仔誠無閒，假日閣定定愛加班，一直無時間轉來看妳……」佇病床邊，觀容每一擺攏按呢講，伊的阿母昔圓目睭金金掠伊看，無講話。

欲暗仔，雅正佮大家官、大姑仔一陣人轉來，門一開，講話聲、跤步聲做伙對大門軁入來，厝內即時灌入一港鬧熱的空氣。俊生手提一个小小的花燈那走那跳入去灶跤揣伊的媽媽。

「好耍無？花燈有媠無？」觀月無閒款暗頓，越頭笑笑問後生。

「足濟花燈攏真媠……，毋過無好耍。」俊生搖頭。

「喔？是按怎無好耍？」

「因為妳無去。媽媽，是按怎逐擺我和爸爸、阿公、阿媽怹出去𨑨迌妳攏毋捌做伙去？」俊生搝觀月的衫仔裾尾喙翹翹攑頭看伊。

觀月無想著囡仔會按呢問，愣一下目眶隨轉紅，毋知欲按怎共囡仔解說對別人的家庭來講誠平常的代誌，對怹卻是遮爾困難？伊恬恬無講話，越過身軀伸手抑開排油煙機。

彼暝，等俊生睏矣，觀月對雅正提出搬出去的要求。

雅正的視線對手裡的冊像慢動作仝款徙到觀月的面。

「咱搬出去蹛好無？」觀月閣講一遍。

雅正搖頭。

「咱會當蹛附近就好，我會逐工過來，該做的工課一項都袂減，仝款會好好照顧爸、媽佮阿願。」觀月講甲緊閣急，像跋落水裡沐沐泅急欲揞一枝柴箍只求莫沉入水底的人。

「你相信我，我講的一定做會到，我只是……干那想欲有一个咱家己的生活空間爾。」觀月心一酸，話講袂落去。

「我相信妳。」雅正看伊。

觀月目睭轉金，情緒放冗，像揞著救命的柴箍。

「毋過……咱也是無法度搬出去。」雅正面越過一邊，看向窗外。

歡喜來得傷過短暫，像天頂的流星，猶未看清楚就隨消失去。觀月喙半開，一句「為啥物」佇嚨喉空轆無法度問出喙，恐驚一出聲情緒就會崩去。

「結婚前我就答應爸佮媽無欲搬出去，會留踮身軀邊照顧您佮阿願一世人。」雅正共手裡的冊合起來，用低甲無法度閣再低的聲音講。

觀月感覺家己漸漸沉入水裡。

「是按怎你幾句話就決定我的人生？」深無見底的失望予觀月想欲大聲抗議，卻是對雅正喝袂出喙。伊雄雄想起伊的阿母。家己佮一世人袂爭袂吵袂鬧，受著委屈干那會曉吞忍的阿母有啥物無仝？伊頭一擺怨恨家己軟汫的個性，怨恨予密𠕇𠕇的網仔網甲歹喘氣的人生。

雅正無閣再講話。觀月恬恬看面頭前這个也熟似也生份的查埔人，毋願相信伊娶家己入門只是為著欲照顧伊的小妹。對小姑阿願，觀月有同情、有憐惜、嘛有怨，伊無法度了解阿願對伊是按怎有遮爾深的仇恨？敢講前世人欠伊足濟，才著註定這世人來還？若按呢，到底著愛閣還偌久才會當了脫前世的恩怨？

搬出去踮的夢破碎，觀月感覺家己就像當初買的彼兩盆花仝款，漸漸失去生命的光彩。

•絕望

三月春分，氣溫轉燒烙開始透南風，厝內塗跤、壁堵一四界澹漉漉。觀月拭過閣再拭、挼過閣再挼，猶是拚袂過規間厝流汗的速度。

芯願目調利，坐佇客廳四界相，看著佗一搭閣澹濕矣，隨喊觀月來拭。觀月無閒頣頣做其他的工課，無法度隨喊隨到，只好共芯願講：「閣按怎拭嘛是連鞭出水，咱先用電風吹，等我有閒才閣來好好仔挼一遍。」

芯願無歡喜，反白仁越頭對伊的爸母講：「恁看，叫伊做一个工課逃東閃西，藉口一大堆，恁娶這款貧惰骨的新婦實在有夠了然。」

觀月一聽愣佇遐，毋知影欲按怎替家己辯解，伊看向大家官，向望怹替伊講一句公道話。

「一句就好，恁真知影我毋是貧惰新婦……」伊用期待的眼神無聲看怹。

怹兩人看伊一眼，閣看一下芯願，無講話。

長期鬱佇心內的委屈像海湧一波一波佇觀月心內拍摔，觀月無閣抱期待，目神規个黯淡落來。

下晡三點半，觀月行入芯願房間。

「阿願，洗身軀矣。」觀月行倚眠床，向落身軀手掌芯願的尻脊骿佮頷頸出力共伊抱起來，一步一步慢慢行入浴間。

觀月褪去芯願的衫，佇伊的頷頸、跤手、身軀挲雪文，浴間漸漸流動蜂王烏砂糖雪文的芳味。看觀月無閑，芯願也無予家己閒牢咧，長長一大綰鄙相詖洗的話像水道水對伊的喙裡一直流出來：

「觀月啊，我看妳真正是三才取無一才。」

「啥物是三才妳知無？」

「就是人才、錢財和內才。」

「妳無一項有，連嫁妝也無佮半項，講實在親像妳這款人，做人嘛實在真悲哀……」

觀月恬恬替伊洗身軀，恬恬看伊的喙像魚仔仝款開開合合，傷人的話語若雪文泡一直對這尾魚仔的喙內浡（phū）出來。

伊想起倒佇病床的阿母，想起彼日予阿願阻擋無法度轉去看伊的阿母的悲傷佮怨感。

浴間的燒氣霧了浴鏡，嘛霧了伊的目睭。

芯願的話猶原講無時停，觀月失神看伊，兩爿邊的耳空嗡嗡叫。

「莫想講我會感激妳，妳為我做的這其實攏無算啥。跤慢手鈍……，清彩一个外勞來做攏做比妳閣較好。」

「莫閣講矣阿願。」觀月無聲哀求。別人來做若較好，為啥物妳堅持一定愛我做？俊生出世彼時恁阿兄提出請人來鬥跤手照顧妳的要求，妳發遐爾大的性地，用無欲食飯來威脅：枵死好矣！枵死我這个廢人恁就出頭天矣。

觀月無法度袂記彼日大家比寒霜閣較冷的聲音：「觀月叫你來講的是毋是？」

「毋是，我是想講……」

「你毋免替伊講話！伊若無想欲做，叫伊親身來講，只要伊講會出喙，我就成全伊！」

「…………」

「你娶這个新婦，毋就是為著欲照顧恁小妹？我都猶未死咧，你就無代念兄妹仔的情分，若按呢等我這个老的雙跤一伸……」

「…………」

觀月身軀一直震起來，禁止家己閣再回想。

「毋捌禮數，爸母無教示……」

「新婦閣按怎講嘛是外人……」

「人才、錢財、內才妳無一項有……」

「跤慢手鈍，清彩一个外勞來做攏做比妳閣較好……」

芯願的話卻是像規群的蜂仔佇觀月耳空邊嗡嗡叫咧飛踅。

是按怎一直遮蹧蹋人？觀月心內的火種「轟」一聲一目𥍉點著，替芯願洗頭的手不知不覺沓沓仔出力。伊看著芯願的頭慢慢予伊揤落去水裡，兩蕊目睭展甲大大蕊，泡泡仔對伊的喙裡一直浡出來，像一尾欶袂著空氣的魚。

「去死，阿願！」無邊的絕望共觀月揀向斷崖：「妳若死，我家己也袂繼續活，咱兩个做伙解脫。」

「阿母，原諒我，我佇遮永遠無法度做到得人疼，今仔日查某囝欲放棄矣。」

「媽，我知影妳疼阿願若命，毋過妳敢有想過，我嘛是別人的查某囝……」

芯願的面佇觀月目睭前一直放大，觀月兩爿鬢邊疼甲 siak-siak 叫。

「無——妳是咧著猴呢(nih)？看著鬼嘛毋是按呢……」耳空邊聽著小姑咧罵的聲音，觀月悠悠回魂，發覺家己雙手硬迸迸扞佇芯願的頷頸，面向(ànn)低低強欲貼著伊的頭殼，芯願擛頭目睭大大蕊咧睨伊，人好好佇面頭前，無予伊揤入水裡，嘛毋是欶袂著空氣一直浡泡仔的魚仔。

觀月予家己茫茫渺渺生出來這種一心求解脫的心念嚇驚著，規身軀吣吣掣目屎流規面，佇欲醒毋醒之間，伊心凝頭眩，身軀一軟昏倒佇塗跤。

•十字路口

醒過來的時觀月已經倒佇病院。

昏倒硞著後頭擴，腦震盪，需要蹛院觀察幾工。病床邊的雅正講。

發生啥物代誌？是按怎會昏倒？觀月完全想袂起來，伊的記持停佇透南風小姑罵伊貧惰新婦彼个時刻。

伊擛頭看伊的翁婿雅正，突然間對家己的婚姻佮人生懷疑起來。伊甚至毋敢確定面前這个人敢捌愛過伊？

「歡迎來到胭脂巷。」伊目睭瞌起來，看著雅正牽伊的手行入胭脂巷閣放開；看著青春當婧的家己行踏佇彼條巷仔，輕可的跤步愈行愈沉重。

「恭喜……祝妳幸福！」沉入記持上深所在彼句話佇這時陣閣浮出來。伊越頭，看著家己徛佇巷口看向來時的路，行過的跤跡予歲月佮現實拊(hú)無去。伊心肝搐疼起來：無緣的人，無法度倒轉的過去。

青紅燈佇伊面前閃爍變換，伊恬恬等，決心佇下一个青燈閣光起來的時陣迒出跤步，俊生手提花燈講「無好耍，因為妳無去」的形影煞雄雄跳出來目睭前。伊一頓蹬，青燈又閣轉換做紅燈。

護理車仔揀入病房的聲音佮護士的跤步聲佇觀月病床邊停落來，觀月聽著雅正佮護士咧講話，伊目睭瞌瞌猶原徛佇巷口等閃爍變換的青紅燈。

行過去，抑是留落來？
留落來，抑是行過去？
病房的冷氣寒甲伊的頭殼閣siak-siak叫大力抽疼起來。

二〇二〇年七月　《台文戰線》第五十九期

臺南作家作品集 67（第十輯）
04 月落胭脂巷

作者 小城綾子（連鈺慧）
總監 葉澤山
編輯委員 呂興昌 李若鶯
陳昌明 陳萬益 廖淑芳
行政編輯 何宜芳 陳慧文 申國艷
社長 林宜澐
總編輯 廖志墭
編輯 林廷璋（櫞椛文庫）
封面設計 陳文德
內文排版 Aoi Wu

出版 臺南市政府文化局
地址 永華市政中心 70801 臺南市安平區永華路 2 段 6 號 13 樓
民治市政中心 73049 臺南市新營區中正路 23 號
電話 06-6324453
網址 http：// culture.tainan.gov.tw

出版 蔚藍文化出版股份有限公司
地址 10667 臺北市大安區復興南路二段 237 號 13 樓
電話 02-22431897
臉書 https://www.facebook.com/AZUREPUBLISH/
讀者服務信箱 azurebks@gmail.com

總經銷 大和書報圖書股份有限公司
地址 24890 新北市新莊市五工五路 2 號
電話 02-8990-2588

法律顧問 眾律國際法律事務所
著作權律師 范國華律師
電話 02-2759-5585
網站 www.zoomlaw.net

印刷 世和印製企業有限公司
定價 新臺幣 320 元
初版一刷 2021 年 5 月
初版二刷 2022 年 1 月

GPN：1010901853 | 臺南文學叢書 L139 | 局總號 2020-595

國家圖書館出版品預行編目 (CIP) 資料

月落胭脂巷 / 小城綾子（連鈺慧）著 . -- 初版 .

-- 臺北市：蔚藍文化出版股份有限公司；臺南市：臺南市政府文化局 , 2021.05

面； 公分 . --（臺南作家作品集 . 第十輯；4） ISBN 978-986-5504-23-6（平裝）

863.57 109018050

臺南作家作品集全書目

●第一輯				
1	我們	‧黃吉川 著	100.12	180元
2	莫有無─心情三印─	‧白 聆 著	100.12	180元
3	英雄淚─周定邦布袋戲劇本集	‧周定邦 著	100.12	240元
4	春日地圖	‧陳金順 著	100.12	180元
5	葉笛及其現代詩研究	‧郭倍甄 著	100.12	250元
6	府城詩篇	‧林宗源 著	100.12	180元
7	走揣臺灣的記持	‧藍淑貞 著	100.12	180元
●第二輯				
8	趙雲文選	‧趙雲 著 ‧陳昌明 主編	102.03	250元
9	人猿之死─林佛兒短篇小說選	‧林佛兒 著	102.03	300元
10	詩歌聲裡	‧胡民祥 著	102.03	250元
11	白髮記	‧陳正雄 著	102.03	200元
12	南鵲是我，我是南鵲	‧謝孟宗 著	102.03	200元
13	周嘯虹短篇小說選	‧周嘯虹 著	102.03	200元
14	紫夢春迴雪蝶醉	‧柯勃臣 著	102.03	220元
15	鹽分地帶文藝營研究	‧康詠琪 著	102.03	300元
●第三輯				
16	許地山作品選	‧許地山 著‧陳萬益 編著	103.02	250元
17	漁父編年詩文集	‧王三慶 著	103.02	250元
18	烏腳病庄	‧楊青矗 著	103.02	250元
19	渡鳥─黃文博臺語詩集1	‧黃文博 著	103.02	300元
20	噍吧哖兒女	‧楊寶山 著	103.02	250元
21	如果‧曾經	‧林娟娟 著	103.02	200元
22	對邊緣到多元中心：台語文學ê主體建構	‧方耀乾 著	103.02	300元
23	遠方的回聲	‧李昭鈴 著	103.02	200元
●第四輯				
24	臺南作家評論選集	‧廖淑芳 主編	104.03	280元
25	何瑞雄詩選	‧何瑞雄 著	104.03	250元

26	足跡	·李鑫益 著	104.03	220 元
27	爺爺與孫子	·丘榮襄 著	104.03	220 元
28	笑指白雲去來	·陳丁林 著	104.03	220 元
29	網內夢外—臺語詩集	·藍淑貞 著	104.03	200 元
●第五輯				
30	自己做陀螺—薛林詩選	·薛林 著·龔華 主編	105.04	300 元
31	舊府城·新傳講 —歷史都心文化園區傳講人之訪談札記	·蔡蕙如 著	105.04	250 元
32	戰後臺灣詩史「反抗敘事」的建構	·陳瀅州著	105.04	350 元
33	對戲，入戲	·陳崇民著	105.04	250 元
●第六輯				
34	漂泊的民族 - 王育德選集	·王育德原著·呂美親 編譯	106.02	380 元
35	洪鐵濤文集	·洪鐵濤原著·陳曉怡 編	106.02	300 元
36	袖海集	·吳榮富 著	106.02	320 元
37	黑盒本事	·林信宏 著	106.02	250 元
38	愛河夜遊想當年	·許正勳 著	106.02	250 元
39	台灣母語文學：少數文學史書寫理論	·方耀乾 著	106.02	300 元
●第七輯				
40	府城今昔	·龔顯宗 著	106.12	300 元
41	台灣鄉土傳奇 二集	·黃勁連 編著	106.12	300 元
42	眠夢南瀛	·陳正雄 著	106.12	250 元
43	記憶的盒子	·周梅春 著	106.12	250 元
44	阿立祖回家	·楊寶山 著	106.12	250 元
45	顏色	·邱致清 著	106.12	250 元
46	築劇	·陸昕慈 著	106.12	300 元
47	夜空恬靜一流星 台語文學評論	·陳金順 著	106.12	300 元
●第八輯				
48	太陽旗下的小子	·林清文 著	108.11	380 元
49	落花時節 - 葉笛詩文集	·葉笛 著 ·葉蓁蓁 葉瓊霞編	108.11	360 元
50	許達然散文集	·許達然 著 莊永清 編	108.11	420 元

51	陳玉珠的童話花園	· 陳玉珠 著	108.11	300 元
52	和風 人隨行	· 陳志良 著	108.11	320 元
53	臺南映像	· 謝振宗 著	108.11	360 元
54	【籤詩現代版】天光雲影	· 林柏維 著	108.11	300 元

●第九輯

55	黃靈芝小說選（上冊）	· 黃靈芝 原著 · 阮文雅 編譯	109.11	300 元
56	黃靈芝小說選（下冊）	· 黃靈芝 原著 · 阮文雅 編譯	109.11	300 元
57	自畫像	· 劉耿一 著 · 曾雅雲 編	109.11	280 元
58	素涅集	· 吳東晟 著	109.11	350 元
59	追尋府城	· 蕭文 著	109.11	250 元
60	台江大海翁	· 黃徙 著	109.11	280 元
61	南國囡仔	· 林益彰 著	109.11	260 元
62	火種	· 吳嘉芬 著	109.11	220 元
63	臺灣地方文學獎考察 ——以南瀛文學獎為主要觀察對象	· 葉姿吟 著	109.11	220 元

●第十輯

64	素朴の心	· 張良澤 著	110.05	320 元
65	電波聲外文思漾 ——黃鑑村（青釗）文學作品暨研究集	· 顧振輝 著	110.05	450 元
66	記持開始食餌	· 柯柏榮 著	110.05	380 元
67	月落胭脂巷	· 小城綾子（連鈺慧）著	110.05	320 元
68	亂世英雄傾國淚	· 陳崇民 著	110.05	420 元